강릉대 아이들,
미국 명문대학원을
점령하다

강릉대 아이들, 미국 명문대학원을 점령하다

저자_ 조명석

1판 1쇄 인쇄_ 2007. 2. 15
1판 4쇄 발행_ 2012. 4. 27

발행처_ 김영사
발행인_ 박은주

등록번호_ 제406-2003-036호
등록일자_ 1979. 5. 17.

경기도 파주시 교하읍 문발리 출판단지 515-1 우편번호 413-756
마케팅부 031)955-3100, 편집부 031)955-3250, 팩시밀리 031)955-3111

값은 표지에 있습니다.
ISBN 978-89-349-2430-2 03810

독자의견 전화_ 031)955-3104
홈페이지_ http://www.gimmyoung.com
이메일_ bestbook@gimmyoung.com

좋은 독자가 좋은 책을 만듭니다.
김영사는 독자 여러분의 의견에 항상 귀 기울이고 있습니다.

조명석 교수의 학벌 뒤집기 프로젝트

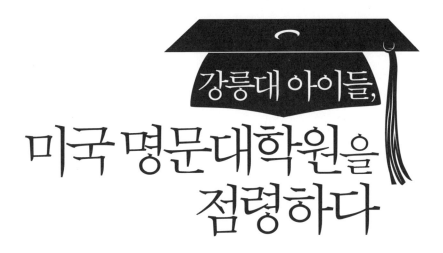

강릉대 아이들,
미국 명문대학원을
점령하다

조명석 | 강릉대학교 전자공학과 교수 |

김영사

진정한 발견이란
새로운 장소를 찾아내는 것이 아니라
새로운 시각을 가지는 것이다.

마르셀 푸르스트

실력으로 학벌을 뒤집어라

매년 입시철이 찾아오면 수많은 수험생과 학부모들의 마음이 까맣게 타들어간다.

고3 학부모의 심정은 겪어보지 않고는 모른다고 한다. 그 고생을 다시는 되풀이하고 싶지 않다는 말도 덧붙인다. 이렇듯 우리나라 교육의 최대 관심사는 대학입시다. 좋은 대학에 가는 것이 미래를 결정한다고 생각한다.

우리나라와 같은 학벌사회에서는 소위 일류대학 졸업장이 좋은 취직자리와 출세를 보장해 준다고 믿는데 어느 정도는 사실이기도 하다. 그래서 학부모나 수험생이나 대학입시에 모든 것을 걸고 어려서부터 학원이나 과외공부에 많은 투자를 한다. 일류대학에 진학하지 못한 사람들은 패배감이나 열등감에 다시 대학입시에 매달리기도 하는데, 재수나 반수 또는 편입을 시도한다. 대학입시가 자신의 미래를 결정한다는 생각이 얼마나 뿌리 깊은지를 알 수 있는 대목이다.

지방대학 교수로 학생들을 가르치며 학벌의 굴레 속에서 열등감이나 좌절감에 빠진 대학생들이 많이 있는 것을 알게 되었다. 이들을 사회에 성공적으로 진출시키기 위해 기업체 취업 알선, 대학원 진학, 산학협동 등 여러 가지 방법과 길을 시도해보았다. 그러면서 학벌의 굴레마저 극복하고 세계 어디서도 인정받을 수 있는 글로벌 인재로 키워내는 길을 생각해내게 되었다. 그것은 해외 명문대학원의 석박사 과정에 진학시키는 일이었다.

어느 정도 성과가 나오기까지 오랜 시일이 걸렸고, 많은 시행착오를 겪기도 했다. 학생들이 꿈을 가질 수 있도록 지속적으로 면담하고, 이끌어주고, 때로는 용기를 주고 때로는 다그치기도 하며 지도해 온 결과 지금까지 30여 명의 졸업생들이 미국 명문대학원에 합격하는 성과를 이루었다. 최근 두 해에만 모두 24명이 미국 명문대학원에 합격하면서 많은 언론 매체들이 이 사례를 화제로 소개하기도 하였다.

미국에서 석박사 학위를 취득한 학생들은 대부분 미국의 인텔연구소, 삼성전자, LG전자와 같은 굴지의 기업에 취업했다. 이러한 결과는 미래에 대해 고민하고 있는 학생들에게 동기부여를 해주었고 꿈을 이룰 수 있다는 자신감을 심어주었다.

하지만 이와 같은 성과를 긍정적으로만 볼 수 있는지는 생각에 따라 다를 것이다. 강릉대 전자공학과의 유학을 다룬 〈한겨레신문〉의 사설에서 지적한 바와 같이 이것이 학벌주의가 만연한 우리 사회의 모순을 보여주는 것이 될지도 모른다. 나 역시 이러한 성과를 자랑하기 전에 이런 길을 모색할 수밖에 없는 우리나라의 현실이 더 안타깝게 생각된다.

대학입시로 모든 것이 결정되는 현실에서 공교육은 대학입시에 모든 노력을 집중할 수밖에 없다. 그럼에도 그것만으로는 부족하다 여기는 부모들은 자식들에게 어려서부터 사교육을 시키고 있다. 급기야 사교육 시장 규모는 공교육의 규모를 넘을 정도로 비대해져서 올해 전국의 입시학원 수가 총 2만 7,724개로 전국 초·중·고교 수(1만 889개)의 2.6배나 되었다.

2008학년도부터 대학입시에서 더욱 중요한 부분으로 떠오르는 논술로 인해 벌써부터 논술에 대한 사교육 열풍도 불고 있다. 지금까지 여러 가지 제도를 그렇게 오랜 기간 동안 바꿔 왔지만 고등학교 공교육의 정상화는 아직도 요원한 실정이다. 한편 대학도 양적인 팽창과 부실한 재정, 지나친 정부의 간섭, 구조 개혁의 부진 등으로 본연의 기능을 제대로 수행하지 못하고 있다.

작년 5월 스위스 국제경영개발원(IMD)의 세계경쟁력 조사에서 한국의 국가경쟁력이 그 전해보다 9계단 떨어진 38위라는 평가를 받았다.

IMD는 한국의 국가경쟁력 추락의 이유로 노사관계, 정부규제에 이어 대학교육의 질을 세 번째 주요 원인으로 꼽았다.

기업체에서 대학 졸업생의 실력을 인정하지 못해 입사 후 재교육에 많은 비용을 들이고 있고, 결국 신입사원보다 실력을 갖춘 경력사원을 선호하고 있다는 것은 이미 오래된 얘기다.

우리나라 교육 문제의 중심에 대학입시가 있다면 그 문제 해결의 열쇠도 대학에서 가지고 있다고 생각한다. 대학이 보다 우수한 신입생을 선발하기 위한 노력을 할 필요는 있다. 하지만 그 결과로 인해 고등학교 교육이 비정상적으로 운영되고 학생과 부모들에게 엄청난 부담을 주게 된다면 대학이 그것을 해소하기 위한 노력 역시 해야 할 의무도 가져야 한다고 생각한다.

우리나라와 같이 자원이 없는 나라에서 인재 양성은 국가의 미래를 좌우하는 중요한 일임은 두말할 나위도 없다. 그러한 인재는 기본 소양을 가르치는 고등학교까지의 수학능력만으로 키워지는 것은 아니다. 오히려 대학에서 전공 분야별로 우리나라를 이끌어갈 인재를 육성해내는 중추적인 역할을 해야 한다.

대학원의 활성화를 통한 창의적인 연구 활동도 대학의 역할 중 하나지만 더욱 중요한 대학의 역할은 최고 교육기관으로서 해야 할 교육이다. 공부를 하지 않으면 졸업을 할 수 없도록 교육을 정상화시키고, 학생들에게 보다 많은 관심과 지도로 꿈을 키워주고, 건강한 젊은 인재로서 사회에 진출할 수 있도록 도모하는 일을 대학에서 해줄 수 있어야 한다.

원하는 대학에 진학하지 못하고, 대학입시라는 관문에서 한 번의 좌절을 겪고 열패감에 빠진 그들. 그 젊은이들이 제2의 기회(Second Chance)를 가질 수 있도록 대학에서 노력해야 한다.

학벌사회를 만들고 입시지옥으로 학생들을 내몰았던 책임은 분명히 기성세대들에게 있다. 대학의 정상화를 통해 학생들에게 제2의 기회를 만들어 주고 인재를 키워내고 대학입시의 과열을 완화해야 하는 일도 당연히 기성세대가 할 일이다.

강릉대 전자공학과의 시도가 이와 같은 논의의 작은 시발점이 되었으면 하는 바람이다. 수능시험 성적이 모자라 일류대는 고사하고 소위 수도권 대학에도 진학하지 못한 학생들이 4년간의 대학 생활을 통해 변화하고 세계적인 글로벌 인재로 거듭나는 것을 직접 보아왔다. 그런 과정을 통해 우리나라 젊은이들의 무한한 가능성을 발견했고 우리나라의 밝은 미래를 바라볼 수 있었다.

그들에게 그 목표들은 꿈이었으나 끝내 이루어냈다. 동기를 부여하고 신뢰를 바탕으로 함께 노력하면서 어떤 힘든 과정도 다 겪어내는 그들을 관찰하며 대학 교육을 통해 젊은이들에게 제2의 기회를 줄 수 있는 대학을 만들어 나가는 것은 분명히 실현 가능한 꿈이라고 믿게 되었다.

그 동안의 모든 과정을 이 책에 담았다. 누군가는 이 책에서 해답을 찾을 수도 있겠고, 누군가는 이 책으로 위로하고 위로받을 수도 있으며, 또 어떤 이에게는 이 책이 앞으로의 방향을 전환하는 계기가 될 수도 있을 것이다.

이 책이 나오기까지 자료 정리와 집필에 많은 도움을 준 윤승일 씨에게 먼저 감사드린다. 또한 유학 사업에 적극적으로 동참해준 강릉대 전자공학과의 왕보현 교수를 비롯한 모든 동료 교수들과 전자공학과와 인연을 맺은 모든 졸업생, 재학생들에게도 감사드리고, 특히 방학 기간 중 영어 프로그램에서 매우 열성적으로 가르쳐준 김수혜·박미향 선생 외 여러 강사진들께도 감사드린다.

언제나 옆에서 격려해주고 힘이 되어준 아내 김인숙과 두 아들 태성과 문성에게도 고마움을 전한다.

2007년 1월, 연구실에서
조명석

차례

1장

'The Second Chance'를 잡아라

십여 년 전 동료 교수와 함께 학생들을 데리고
학교 뒷산에 담쟁이덩굴을 캐러 갔었다.
거기서 캐 온 덩굴을 가져다가 공학관 벽 앞의 화단에다 심었다.
아마도 마음속에는 언젠가 이 담쟁이들이 공학관 벽을 다 덮을 즈음
아이비리그와 같은 유명한 학교가 되어 있을 것이라는 소망이 있었던 것 같다.

서울 어느 명문대에서 일어난 일?

인생에서 가장 영광스런 순간은 소위 성공한 나날이 아니라.
오히려 실의와 절망에서 벗어나 인생에 다시 한 번 도전하고 싶은 의지가
용솟음 치고, 미래에는 성공할 수 있다는 희망이 충만한 때다.

구스타브 플로베르

"교수님, 저 붙었어요."

"어디냐?"

"퍼듀대학입니다."

"그래, 잘했다. 정말 잘했다."

"그런데 아직 믿어지지가 않아요. 이게 정말 제가 해낸 일 맞나요?
도무지 믿을 수가 없어요."

"거봐라. 내가 뭐랬니. 된다고 했잖아."

"교수님, 교수님이 말씀해주시니까 이제는 믿을 수 있을 것 같습니
다. 감사합니다. 모두 교수님들 덕분입니다."

미국 퍼듀대학 대학원에 합격했다는 승모의 연락을 받고서야 올해

의 전투가 모두 끝났다는 것을 실감했다. 김진균의 폴리테크닉대학원 합격에서 시작해 정승모까지 모두 14명.

- 노스이스턴대(Northeastern University) 김영래
- 일리노이 공대(Illinois Institute of Technology) 이충헌
- 매사추세츠대(University of Massachusetts, Amherst) 차성회
- 폴리테크닉대(Polytechnic University, New York) 김진균, 김동현, 박상지
- 어번대(Auburn University) 문등영
- 캘리포니아대(University of California, Irvine) 김평래
- 테네시대(University of Tennessee) 엄윤종, 윤동환
- 퍼듀대(Purdue University) 정승모
- 텍사스대(University of Texas at Dallas) 최종원
- 콜로라도대(University of Colorado at Boulder) 김학래
- 뉴욕주립대(State University of New York at Buffalo) 최미정

한해 가장 큰 성과를 보인 성적표가 마치 15년 결실을 자랑스럽게 보여주는 듯했다. 작년에 합격한 10여 명까지 모두 합치면 단일학과에서 무려 24명이 두 해에 걸쳐 미국 명문대학원으로 배출된 셈이다. 서울에서 동쪽 끝에 있는 지방 국립대학교에서 일구어낸 열매치고는 참으로 달고 값지다.

방 3개를 배정받아 연구실 하나, 학과 사무실 하나, 실험실 하나에서 시작한 셋방살이 가난한 살림 같았던 신설학과의 처음. 밀려나고

밀려나서 예까지 왔다는 학생들의 열패감이 마치 분간 안 되는 안개 속처럼 자욱했던 당시였다. 돌도 씹어 삼킬 패기만만한 나이에 못할 게 무얼까 싶은데 그만한 자신감에 찬 학생들이 드물었다. 누구도 이 학생들에게서 당장의 무엇을 기대하지 않았고, 학생들도 처음 세워진 학과가 무엇을 해줄 것이라고는 바라지 않았을 것이다.

자랑스러워할 전통도, 내로라할 만한 취업률도, 든든한 선배 인맥도 하나 가지고 있지 않았으니 그 황량한 기분들이 어쨌을까 싶다. 단지 4년제 대학 학위, 그것으로 족하기에 공부는 뒷전에, 우선은 어떻게 놀까 그런 방만한 생각들이 8할쯤은 되었을 것이다.

"교수님, 그 말씀 우리한테 하시는 거 맞습니까?"

"아니 그게 가능하다고 말씀하시는 겁니까?"

우리 유학 가자, 미국 명문대학원으로! 학과 설립 6년 만에 이 말을 처음 꺼냈을 때 나도 내가 제정신으로 이 학생들에게 내뱉은 말이었는지 의심스러웠다. 취업의 높은 벽 아래서 그만한 절박감이 부추겼을 우주적 농담. 그들은 그렇게 받아들였을지도 몰랐다.

그때 의아한 표정으로 생뚱맞게 쳐다보던 학생들의 눈빛이 아직도 선하다. 아마도 내 평생 처음 해보았던 웃기지 않는 개그가 아니었던가 싶다. 그런 개그맨을 쳐다보는 관객들의 반응은 얼마나 냉소로 가득 찼던지.

미국 명문대학원 진학!

곧이곧대로 받아들이기엔 너무도 비현실적이고 추상적인 목표. 학생들은 그렇게 생각했을 것이다. 현실의 벽을 무던히 실감해 온 터이기에 웃어넘기는 것조차 어려웠을 것이다. 성적순으로 인격이 재단되고, 공부 잘하는 능력 말고는 그 외 모든 재능이 찬밥으로 대접받았을 중고등학교에서 대체로 주변으로 떠도는 부류였을 그들.

그저 집이 가까운 것만으로 선택한 학교이며, 가정 형편이 받쳐주지 못해 서울 갈 실력 장학금으로 맞바꾸고 들어온 어쩔 수 없는 선택이었다. 공부 못한다는 소리, 더는 그 지긋지긋한 말 안 들어도 될 터인데 무작정 집에서 멀리 떨어지고 싶다는 오기에 도망치듯 들어오기도 한 대학이었다. 그런 처지의 학생들에겐 차라리 꺼내지 않아야 할 말이었고, 듣지 않는 게 좋았을 법했을 것이다.

천신만고 끝에 미국 워싱턴대학 대학원에 합격한 유학생 1호가 1996년 여름에 태평양을 건넜을 때도 '하늘은 스스로 돕는 자를 돕는다'는 말을 대부분 믿으려들지 않았다. 학생들은 그것이 입증된 결과물이 아니라 다만 특별한 케이스가 우연찮게 등장했을 뿐이라고 생각했다. 오로지 하나밖에 없는 사례로서는 나 역시 가능하다고 믿을 수 없기가 매한가지였다.

그 후 2000년과 2002년에 한 명씩 유학을 갔을 때까지도 조금 다르게 받아들이기는 해도 이전과 크게 달라지지 않아 보였다. 그러다 2003년 유학 3인방의 출현은 한마디로 충격이었다. 한꺼번에 세 명이나 덜컥 미국 명문대학원에 합격한 것이다. 무엇보다 어쩌다, 혹은 특별한 하나의 경우라는 못된 편견이 여지없이 깨져버렸다. 그 중 둘은 한해 3만 달러나 되는 장학금까지 받게 된 것을 보고서야 재학생 모두의 마음이 하나의 파도에 매달려 출렁거리기 시작했다.

'나도 할 수 있을 것인가.'

'저 선배도 해냈다면 나는 더 가능성이 큰 거 아닐까.'

'되든 안 되든 일단 한 번 해볼까.'

'그래, 해보자.'

지방대의 반란, 저스트 두 잇(Just Do It)은 그때부터 그렇게 본격적으로 시작되었다.

깊은 잠에 빠져 있던 새벽녘, 강릉대 공학대학교 5층 전자공학과에 등대처럼 불이 켜지기 시작했고, 태평양을 건너기 위해 정박하는 부두의 배들처럼 학생들이 하나둘 모이기 시작했다.

그로부터 불과 2년 만에 도달한 성취는 기적에 가깝다는 표현이 나올 만큼 비약적이었다. 2005년 뉴욕 폴리테크닉대학 석사과정의 김동욱 등 10명, 2006년 노스이스턴대 대학원의 김영래 등 14명이 미국 명문대학원에 합격하는 쾌거를 이루어낸 것이다.

지방 국립대학교, 대한민국 대학교 전체에서 2류로도 인정받지 못하는 대학. 게다가 학과가 만들어진 지 16년에 불과한 신생학과.

KBS와 MBC 방송국, 한겨레신문사를 비롯해 취재를 온 많은 매체의 기자들이 비슷한 질문들을 쏟아냈다. 이와 같은 결과를 곧이곧대로 믿을 수 없기에 터져 나온 질문들이었다.

"혹시 이 유학생들 대부분 실은 명문고 출신들이 주축이 된 건 아닌가? 그렇지 않고서야 어떻게 한 학과에서, 그것도 지방대에서 20퍼센트에 가까운 미국 명문대학원 합격생이 배출될 수 있는가? 또는 재정적인 뒷받침이 가능한 게 전제되지 않았는가? 그 많은 유학비용을 감당해야 하는 것은 물론이고, 유학준비를 위해 들어간 비용이 만만치 않았을 텐데. 들어간 건 그렇다손 치더라도, 유학 중인 학생들의 학업 성취도는 얼마나 되는가. 한국의 명문대를 졸업하고도 견디기 어렵다는 미국의 명문대학원에서 과연 얼마나 제대로 적응하고 있는가? 중도에 포기하는 학생들이 많은 건 아닌가?"

마치 맨 처음 학생들이 나에게 쏟아냈던 의심의 질문들과 비슷했다.

"정말 이게 가능하기나 한 건가요?"

결과를 버젓이 확인하고도 편견과 불신의 벽을 깨는 것이 그들 역시 쉽지 않으니, 아무런 지표도 없었던 당시의 학생들이야 오죽했을까. 그러나 그들은 나의 명쾌한 대답에서 다시 한 번 놀라움을 감추지 못했다.

"고등학교 시절에 과외 한 번 받아보지 못한 학생들, 공부와는 아예 담쌓고 살았던 학생들, 그들이 미국에서도 알아준다는 명문대학원에 국비장학생으로 입학해 연간 3만 달러가 넘는 장학금을 받기도 하고, 불과 4~5년 만에 박사학위를 마치고 현지의 대기업 연구소나 국내 대기업에 취업해 있다."

무엇이 이런 일을 가능하게 만들었는가?

그들은 그때서야 이 이변의 다른 면에 주인공이 따로 있다는 것을 눈치 채는 듯했다. 바로 그 가장 밑바닥에 고르게 깔려 있었던 최초의 동기이자 힘. 도전한 모든 이들을 주인공으로 만든 것의 정체는 무엇인가.

한번, 해보자!

이 말처럼 무모하고 무책임한 말이 어디 있었을까. 어쩌면 젊은 그들이었기에, 어떤 결과라도 받아들일 수 있는 청춘이었기에 푸른 시간들을 도박처럼 걸었을 것이다. 그러나 결코 도박이 될 수 없었던 것은 그들이 만든 결과가 오로지 굵은 땀방울과 뜨거운 피로 이루어진 결정체였기 때문이다.

　시작은 한번 해보자, 거기부터였다.

교수님, 평생 먹을 딸기 사주세요!

스승이 문을 열어줄 수는 있지만,
그 안으로 들어가는 것은 너의 선택이다.
중국 속담

햇살 따가운 초가을 날, 37살 젊은 교수의 부임지는 지방의 국립대학교 신설학과였다. 이곳에 오기 전, 나는 미국 플로리다대학원에서 박사 학위를 마치고 돌아와 대기업 연구실에서 일했었다. D램 반도체 사업의 주역으로 일했지만 성과에 대한 압박이 극심했고, 조직 문화가 불편하게 느껴지면서 갈수록 스트레스가 가중되었다. 또한 내가 하고 싶은 일을 하고자 하는 욕망도 다른 일을 모색하게 만들었다.

대학의 문을 두드렸을 때만 해도 자신감에 차 있었다. 내가 하고 싶은 분야를 연구하고 나의 역량이 제대로 발휘될 수 있다는 설렘에 기대도 컸다. 강릉대학교 반도체공학과(전자공학과의 전신) 교수. 그러나 그때 나는 정말 아무것도 모르고 있었다. 신설학과라지만 이 정도로 초기화도 안 된 상황이었을 줄은.

업그레이드는 고사하고 프로그램부터 하나하나 새로 깔아야 할 만큼 무엇 하나 자리를 잡고 있는 것이 없었다. 신설학과 특유의 어수선한 분위기, 매순간 처음 부닥치는 낯선 경험들, 체계적이지 않은 강의 일정, 학과에 신뢰를 보내지 못하는 학생들, 그리고 대부분 하나뿐인 것들. 연구실도 하나, 실험실도 하나, 교수도 하나…….

임시 학과장을 겸하던 물리학과 교수가 떠나자 유일 교수인 내가 부임 5개월 만에 학과장을 맡게 되었다. 하나밖에 없는 교수이자 학과장인 셈이었다. 과정을 거친 영광이면 얼마나 좋으련만 실속도 보람도 없는 허울의 직책이었다. 아무도 도와주는 사람이 없으니 뛰어다니며 스스로 알아내는 수밖에 없었다. 학과 살림 운영, 각종 공문 처리, 실험 기자재 구매, 교과과정 운영, 실험, 강의 준비 등등 하나하나 배우기 위해 타 학과를 분주히 돌아다니는 이상한 교수가 되었고, 잠시도 앉을 새가 없는 가장 바쁜 교수가 되었다.

부임 초부터 학과 살림까지 떠맡게 된 1인 3역 젊은 교수의 좌충우돌 대학 적응기는 이렇게 시작되었다.

전공 교수와 학과장으로서의 역할이 나의 전부는 아니었다. 1인 3역의 마지막 역할은 바로 학생들의 친근한 형, 오빠가 되는 것이었다.

"나도 너희들처럼 젊다!"

이렇게 주장하며 실제로 그들의 오빠나 형처럼 학생들과 어울려 술도 꽤나 많이 마셨다. 그 과정에서 그들의 고민이 나의 고민이 되었다가 나의 문제가 그들의 문제로 공유되면서 두루두루 공감대가 생겼다.

이듬해 봄부터 학생들을 데리고 학교 뒤의 지변골로 딸기를 먹으러 가기 시작했는데 다음해에도, 또 그 다음해도 그러다 보니 어느덧 무슨 연례행사가 되어 있었다.

"교수님, 딸기 사주세요!"

선배들로부터 소문을 들은 어린 학생들이 봄마다 졸라댔다.

그렇게 따르던 그 학생들이 첫 졸업을 앞둔 즈음, 그들은 나에게 새로운 딸기를 요구했다. 그것은 취업이라는 평생 따먹어야 할 딸기였다. 봄에 제철 과일로 먹는 과일을 사주는 것과 직업이라는 딸기밭을 일굴 수 있도록 쟁기를 쥐어준다는 것은 차원이 다른 문제였다.

팔을 걷어붙였다. 성공적으로 사회에 첫발을 내딛을 수 있도록 가능한 방법들을 강구하기 시작했다. 누구보다 애틋한 1회 졸업생들이기에 가능한 안정되고 좋은 직장에 들어갈 수 있도록 도와주고 싶었다.

그래도 비빌 언덕이라고 전 직장 현대전자(지금의 하이닉스)를 알음해 지방대라서 받는 감점만 면하게 해달라며 공정한 절차를 밟아 입사시키기도 하고, 그보다는 못해도 여럿을 탄탄한 중소기업으로 보낼 수도 있었다. 신설학과치고는 꽤 괜찮은 첫 취업 성적표였다. 학생들도 제법 놀라는 눈치였다. 자포자기하는 심정이었는데 선배들의 대기업 입사는 자극이 되기도 했던 모양이었다.

그러나 지인들의 도움은 거기까지였다. 몇 년 지나지 않아 대기업으로 들어가는 문이 거의 막히다시피 했다. 명문대 위주의 전형이 극심해지면서 이력서 내밀기도 어려웠고, IMF 외환위기 당시에는 가장 먼저 퇴직당하는 수모를 겪기도 했다.

'처음 몇 해 고생하며 대기업으로, 중견기업으로 취업시키면서 그 비율을 계속 높여 가면 뭐가 돼도 되지 않겠나.'

이 야심찬 목표는 학벌 위주의 대한민국에서는 거의 밑 빠진 독에 물 붓기에 가까웠다. 그것을 깨닫는 데는 그리 많은 시간이 걸리지 않았다. 대한민국에서 대학들이 양적으로 팽창하고 수도권으로 모든 것이 집중되면서, 그 대학들을 서열화해 줄을 세워놓으면 지방에 있는 강릉대학교 전자공학과는 어디에 있는지 찾을 수도 없을 정도가 되었다.

딸기 사주세요!

이 말은 해가 갈수록 더 큰 메아리가 되어 돌아왔다. 억척스럽게 뛰어보았지만 늘 제자리에서 다시 시작해야 한다면 앞으로 얼마나 더 버틸 수 있을 것인가. 실력을 가지고 싸우는 게 아니라 우선순위의 대학으로 점수가 이미 매겨진다면 학생들에게 무엇을 자신 있게 가르칠 수 있을 것인가.

이래선 안 되었다. 이런 식으로 또 한 해를 보내서는 못 살 것 같았다. 그래서 새로운 방법을 찾아야만 했다. 좀 더 근본적인 방법으로 접근해 구조적인 모순을 없애버리는 것! 지방대라는 불리한 학벌을 덮어버리는 방법! 지방대에서도 명문대 학생들보다 더 높이 원대한 목표를 잡고 공부할 수 있는 방법!

그것은 미국 명문대학원에 진학하는 길뿐이었다.

아직 늦지 않았다, 지금이라도 시작하면

조금만 가면 되었을 텐데, 실패하는 사람들은
얼마나 가까이 목적지에 왔는지 알지 못하고 포기해버린다.
토마스 에디슨

미국 명문대학교 1호 유학생 김휴성.

그의 정체는 흔히 정체성을 찾기 어렵다는 복학생이었다. 군대를 뒤늦게 다녀와서 졸업이 코앞이었다. 그런데 또 휴학을 하겠다며 나를 찾아왔다. 휴성이가 4학년 여름방학이 끝나가고 2학기 개학을 앞두고 있을 때의 일이었다.

"교수님, 학교에서 배운 것만 가지고는 충분하지 않을 것 같아요."

휴학을 하고 전문학원에서 프로그래밍 전문가 과정을 마친 다음 다시 복학해 졸업하는 것이 이 학생의 계획이었다. 취업이 힘든 상황에서 경쟁력을 갖추고 싶다는 절박한 심정이 대화를 나누는 가운데 고스란히 묻어났다.

"과연 그런다고 원하는 직장으로 취업이 잘 될 수 있을까?"

시큰둥한 얼굴로 다 듣고 나서 내뱉는 말에 학생은 조금 당혹스러워했다. 나름대로 자신의 미래를 고민하고 만들어낸 대학에서의 마지막 선택이었을 텐데, 상담교수라는 사람이 다짜고짜 부정적인 반응부터 보였으니 그럴 만도 했다.

교수님이 전과 달라졌다는 인상을 받았는지 그는 이내 자리를 뜨려고 했다. 나는 몹시 지쳐 있었다. 미국 명문대학원 진학이라는 방향은 잡았는데 그 목표를 수행할 학생들은 좀처럼 마음을 열 기미가 없었다.

매일 여러 학생들을 차례로 불러서 벌써 한 번씩은 모두 얘기를 해봤다. 그러나 대부분 부정적이었다. 자신 없다는 것이었다. 열심히 공부해본 적도 없는데, 이제 와서 미국 명문대학원이 자신에게 가당키나 하겠느냐는 반응이었다. 중학교, 고등학교를 거치면서 얼마나 많은 학생들이 공부로부터 소외되어 왔는지 절감할 수 있었다.

그들은 스스로 잘할 수 있는 것이 무엇인지 알고 계발해야 할 때 이미 공부 못하는 낙오자로 진단을 받고 심지어는 삼류인생이 예약되었다는 악담을 부모님으로부터, 선생님으로부터 들으며 자라왔던 것이다.

"프로그래밍 전문가 자격증을 딸 생각이면 이왕이면 미국 명문대학원에 가서 공부할 생각은 왜 못하느냐."

막 나서려는 김휴성을 도로 불러 세우고 지나가는 말로 한마디를 했다. 푸념처럼 내뱉은 말이었는데 휴성이의 반응은 의외였다.

"정말 제가 할 수 있겠습니까? 지금 이렇게 늦어버렸는데도 말입니까?"

"아직도 늦지 않았다. 지금이라도 시작하면 된다."

휴성이는 다시 돌아와 내 앞에 앉았다. 그대로 문을 열고 나가버렸다면 우리의 인연은 그것으로 끝이었을지 모른다.

첫 번째 모험을 떠날 사람은 이처럼 뒤늦게 우연히 시작되었다.

휴학을 보류하고 휴성이와 나는 4학년 2학기에 모험을 걸었다. 휴성이는 의정부의 고등학교를 나와 특별한 목표 없이 강릉대에 들어왔으며, 한 번도 제대로 된 영어공부를 해본 경험이 없다고 했다. 그때서야 시작한 토플과 GRE 공부. 과연 단기간에 이 많은 양을 소화하고, 목표를 이루어낼 수 있을까. 선례도 경험도 없이 망망대해를 단신으로 뛰어드는 것처럼 막막한 기분이었다.

나나 휴성이나 성공 가능성을 점치는 것 자체가 무리였다. 내가 유학 준비했던 때의 경험을 되살려 공부 방법까지 가르치면서 그야말로 악착같이 파고들었고, 4개월 만에 토플과 GRE시험을 겨우 치를 수 있었다. 뒤늦게 시작한 영어가 쉽지 않았다. 3개월 공부하고 치른 토플은 그 당시 PBT로 5백 점을 못 넘었으니, 가장 문제가 컸다. 정 안 되면 시간이 조금 더 걸리더라도 토플 점수를 채우고 가자는 작정까지 했다.

그보다 더 급한 것은 GRE였다. 다음해 여름학기에 유학을 가기 위해서는 12월까지는 시험을 마쳐야 했기 때문이다. 그래서 두어 달 시간을 잡고 수학 부분에 집중적으로 치중하여 12월에 시험을 치르고, 한 달 이상 지나야 나오는 결과점수를 받기도 전에 원서를 쓰기 시작했다.

그해 12월 말까지 미국 명문대학원으로만 골라 10여 군데 원서를 보내고 연락이 오길 기다렸다. 대학원 선정부터 입학 신청, 원서 작성, 자기소개서 쓰기, 추천서 받는 일 등 거의 모든 절차를 함께 진행하지 않으면 안 되었다. 시간이 없다 보니 절차를 밟는 과정에 빼앗기는 시간도 아까웠다. 요즘은 부모가 자식들 공부에 함께 매달려 거드는 일이 흔하게 되었지만 나는 내 자식에게도 해주지 못한 일이었다.

그러나 졸업식을 마치고 나서 시간이 흘러도 그렇게 기다리던 합격 소식은 날아오지 않았다. 초조한 마음에 휴성이에게 전화를 걸어보았더니, 아직 연락이 오지 않은 두 군데를 제외한 모든 학교에서 불합격 통보를 받았다며 자기는 거의 포기한 상태라고 했다. 그러면서 유학 공부를 그만두고 회사에 들어가야겠다고 했다.

"네가 정말 그렇게 생각한다면 설사 대학원에 붙어 유학을 가더라도 성공하지 못할 거다. 벌써 포기한다는 게 말이 되니? 아직 두 군데가 더 남아 있으니 끝까지 기다려."

"그럼 어떻게 하란 말입니까? 무작정 기다리란 말입니까?"

"영어공부를…… 계속해."

그러고 전화를 끊었다. 달리 더 무슨 계획을 얘기할 수 있을까. 그래도 포기하지 않도록 하고 싶었다. 하던 공부를 계속하라는 말이 무슨 고문을 더 하라는 끔찍한 말처럼 느껴졌을 것이다.

휴성이와 그런 전화 통화를 한 지 한 달도 안 돼서 마지막 남았던 두 곳, 즉 워싱턴대학(University of Washington)과 남가주대학(University of Southern California) 대학원에서 입학 허가서가 날아왔다. 그토록 기다렸지만 피를 잔뜩 말리고 애간장을 다 녹이고서야 도착한 합격허가

통지서였다.

Admission!

뒤늦게 도착한 합격통지는 오히려 오류가 아닐까 겁이 났다. 도무지 믿을 수 없는 일이라 재차 확인하는 과정까지 거쳤다. 먼 이국으로부터 들려온 상쾌한 목소리가 귓전을 울렸다.

"Congratulations, you are accepted to our graduate program."

정말이었다. 제1호 미국 명문대학원 유학생이 탄생하는 순간이었다. 나는 휴성이에게 말했다.

"거봐라. 네가 끝까지 포기하지 않았기 때문에 하늘이 도운 것이다."

휴성이가 유학길에 오르기 전 당시 국제공항이었던 김포공항에서 전화를 걸어왔을 때 우리는 서로 감사를 표현했다.

"우리가 해낸 공부는 그 자체로 하나의 교훈이다. 남들처럼 머리가 좋았던 것도 아니고, 여유가 많았던 것도 아니었다. 그걸 모두 극복했으니 이만한 교훈이 어디 있겠느냐. 너는 아무 준비 없이 떠나는 것이 아니라 이 교훈을 마음에 품고 가는 것이다. 어떤 어려운 일이 닥치더라도 이 과정의 교훈을 떠올리면 못할 게 없을 것이다."

그 짜릿한 순간을 어찌 잊을 수 있을까. 휴성이가 비행기를 타고 구름 속을 지나 태평양을 건널 때, 나 역시 잔뜩 부풀어 오르는 설렘으로 하루 종일 일이 손에 잡히지 않았다. 속칭 한국의 삼류대학이라는 곳에서 미국 명문대학원 진학이라는 도발적인 프로젝트가 처음으로 성공을 거둠으로서, 이 척박한 땅에 가능성의 씨앗이 뿌려진 것이다.

휴성이는 미국 유학길에 오른 지 4년 만에 아이오와 주립대학(Iowa

State University)에서 컴퓨터 공학을 전공하여 박사학위를 취득했고, 미국에 있는 인텔연구소에 들어가 지금까지 재직 중이다.

처음에 갔던 워싱턴대학에서 아이오와 주립대학으로 학적을 옮기는 과정에서도 휴성이는 고민이 많았다. 함께 일하기로 한 교수가 자리를 옮기면서 낯선 대학으로 함께 따라가느냐 마느냐를 놓고 결정하기가 쉽지 않았던 탓이다. 결과적으로 잘한 선택이었지만, 그것보다는 자신이 몸소 만들어낸 교훈을 잊지 않았기에 오늘의 휴성이가 있는 거라고 믿는다.

한 번은 잠깐 귀국을 한 참에 학교에 들르라는 나의 부탁을 받고 후배들을 위해 세미나를 한 적이 있었다. 오랜만에 만난 휴성이는 마치 다른 사람처럼 변해 있었다. 취업을 앞두고 의기소침해 있던 풀이 죽은 학생이 아니라 세계를 무대로 자신의 능력을 펼치는 훌륭한 인재로 성장했다. 또한 예쁜 두 딸의 아빠가 되어 있었다.

어쩌면 그는 평범한 샐러리맨이 되어 자신의 더 큰 재능을 죽여야 했을지도 모른다. 만학의 노력이 몇 갑절 힘들다는 것을 감안하면 휴성이의 미국 명문대학원 진학기는 그야말로 한 편의 드라마나 다름없었다. 휴성이가 후배들이 참석한 세미나 단상에 올라 가장 강조했던 말은 결국 우리가 처음 서로에게 확인하고, 확인해주었던 말이었다.

"여러분, 지금도 늦지 않았습니다. 지금이라도 시작하면 됩니다."

제2의 아버지처럼

김휴성과의 이메일 중에서

✉ **1997. 5. 1**

안녕하세요, 교수님.

그 동안 연락이 너무 없었죠? 죄송합니다.

여러 가지 복잡한 일들이 생겨서 연락도 못 드렸습니다. 지금도 상당히 어려운 결정을 해야 하는 시점입니다.

처음에 제가 잡으려고 했던 교수님은 여러 가지 이유로 뜻대로 잘 안 됐습니다. 그 교수님은 미국에서 학위를 받은 사람을 원하는 것 같고, 이것저것 따지는 것도 많아서 한마디로 제가 거절을 당했습니다. 처음에 결정을 잘못한 것 같습니다. 너무 정보 없이 좋다는 이야기만 듣고 무작정 뛰어 들었던 게 아닌가 싶습니다.

그래서 우여곡절 끝에 컴퓨터를 전공하는 교수님과 일을 하려고 준비를 하고 있었습니다. 아직까지는 support를 받지 못하고 있었지만 다음 학기 정도면 나름대로 일을 할 수 있는 분위기가 될 것 같았습니다. 그런데 갑자기 그 교수님이 학교를 옮긴다고 합니다. 아이오와 주립대로 간다더군요. 자기와 같이 가면 연구 장학금을 주겠다고 하는데, 어떻게 해야 할지 모르겠습니다. 지금 상황으로는 함께 가는 수밖에 없을 것 같습니다.

하지만 사실 학교를 옮기기가 싫습니다. 더 좋은 학교로 가는 것도 아니고 지금보다 안 좋은 곳으로 간다니 망설여집니다. 그런데 그 교수님은 이 분야에서 이름도 어느 정도 있고 실력도 있으며 대체로 평판이 좋습니다. Fault Tolerant Computer와 Network이 전공입니다.

좋은 소식 전해드리지 못해서 죄송합니다. 일이 잘 되면 그때 가서 자신 있게 말씀 드리려고 했는데 너무 답답하고, 막막해서 이렇게 연락을 드립니다. 아무튼 여러 가지로 죄송합니다. 다음번에는 꼭 좋은 소식으로 연락드리겠습니다.

안녕히 계십시오.

휴성 올림

✉ **1997. 5. 1**

휴성에게,

그동안 소식이 궁금했는데 이메일을 받고 보니 반갑다.

여러 가지 주변 사정으로 고민이 많겠구나. 하지만 그 정도라면 그렇게 나쁜 고민은 아닌 것 같아 보인다. 미국에서 주립대학이면 그래도 어느 수준 이상은 된다고 보아도 된다. 가보기도 전에 선입관으로 예단하지 말고 보다 많은 정보를 가지고 생각해 보는 게 좋을 것 같다.

어느 대학을 졸업했다는 것도 중요하겠지만 어느 지도교수 밑에서 어떤 분야를 전공했느냐가 더 중요할 경우도 많다. 졸업 후의 진로는 박사학위 소지자일 경우 전공과 논문 내용이 진로를 더 좌우하게 되니까 말이다.

최근에 아이오와 주립대학에서 학위를 마치고 6월경에 귀국할 예정인 분이 연락을 해 왔다. 귀국 후에 만나기로 했는데 아마 지금 연락을 하면 통화가 가능할 것이다. 컴퓨터 계통의 Signal Processing을 전공한 분이니까 도움말을 줄 수 있을 것이다. 먼저 내 얘기를 하고 아이오와 주립대학 석박사과정의 각종시험 및 난이도, 교과과정 등 알고 싶은 정보를 물어 보거라. 그분이 떠난 후에 도움을 줄 수 있는 전자과 학생을 소개 받는 것도 좋겠다.

그럼 또 연락하자. 모든 일이 잘 되길 빈다.

강릉에서 조명석 교수가

✉ **1997. 5. 3**

전덕수 교수님, 이상민 교수님과 얘기해보았는데 역시 같은 의견이다.

박사학위를 소지한 경우에는 상위 50위 이내인 경우 학교 순위가 몇 위 차이가 나고 안 나고는 졸업 후 진로를 선택할 때 그렇게 문제가 되지 않을 것이다. 오히려 어떤 전공을 어느 교수 지도하에 했느냐가 훨씬 더 중요하다고 생각한다.

또 현시점에서 그 교수가 함께 갈 경우 장학금을 주기로 약속했고 더구나 그 분야에서 잘 알려진 교수라면, 그 분을 따라가는 게 현재 그 학교에 남아 다른 교수와 일하는 것 보다 훨씬 나을 것 같다.

이것은 어디까지나 나의 조언이니까 잘 생각하여 결정하기 바란다.

또 연락하자.

조명석 교수가

3인방 유학대작전,
하늘은 스스로 돕는 자를 돕는다

사람은 신념을 가지면 젊고, 의심을 가지면 늙는다.
사람은 자신을 가지면 젊고, 공포를 가지면 늙는다.
사람은 희망을 가지면 젊고, 실망을 가지면 늙는다.

사무엘 울먼

미국 명문대학원 유학생 1호의 가치는 어느 정도일까. 2003년 3인방 합격의 쾌거가 나오기 전까지는 여전히 유보된 결과에 불과했다.

"교수님, 그게 어떻게 증명된 거라고 볼 수 있습니까. 몇몇 선배들의 사례는 전혀 일반적인 거라고 볼 수 없지 않습니까?"

공학도는 한번 확신을 가지게 되면 그것을 끝까지 밀어붙여 원하는 성과를 만들어내는 근성이 있어야 한다. 그러나 의심이라는 단계에 머물러 있는 한 그 다음 단계로 전진하는 것이 여간 어려운 일이 아니다.

의심을 벗고 확신의 단계로 나아가기 위해서는 결과를 만족시켜줄 수 있는 최소한의 데이터가 필요하다. 유학생 1호 김휴성 이후에도 간간히 한 명씩 미국 대학원으로 석박사과정을 밟기 위해 떠나는 선배들이 생겨났지만 재학생들은 그 정도 데이터만으로는 뚜렷한 확신을 갖기가 어려웠던 모양이었다.

학생들에 대한 면담은 제도적으로 정착될 만큼 쉬지 않고 계속되었다. '나는 안 돼'에서 '나도 할 수 있어'로의 태도 변화는 모든 환경을 일거에 바꾸는 효과가 있었다. 그러나 계속되는 설득에도 불구하고 여전히 의심의 단계를 극복하는 것은 쉽지 않았다. 실험이나 연구와 달리 사람의 일에는 무언가를 감수할 수 있는 모험성이 필요하다. 모험은 결과에 대한 확신이 아니라 가능성에 대한 확신이다.

유학을 갈 수 있다는 확신이 아니라, 유학을 가기 위해 나를 던질 수 있다는 확신. 거기까지 나아가느냐, 그렇지 못하느냐가 관건이었다.

개인적으로 미국 대학원 프로젝트를 추진하던 나는 점차로 체계적인 시스템을 가지고 운용해야겠다는 필요성을 느끼게 되었다. 특히 영어는 조직적인 프로그램 운영이 절실하다고 판단했다. 전공에 대한 자신감, 하고자 하는 의욕 그리고 영어 수준의 향상은 미국 대학원 진학의 삼두마차라고 할 수 있었다. 그 중에서도 영어는 가장 취약한 부분이었다.

난데없이 영어 학습 프로그램을 짜려고 보니 이것 역시 처음 해보는 일이라 막막하고 불안했다. 그래도 일단 부딪쳐보자는 심정으로 시작했다.

새천년이 시작되는 2000년 1월부터 시작해 현재 여름·겨울방학마다 운영되고 있는 '전자공학과 방학 영어 프로그램'의 최초의 모습은 자습 형태의 그룹 스터디였다. 모르면 막무가내라고 토익, 토플을 닥치는 대로 모두 했는데, 처음에는 학습 교재를 고르는 것도 만만치 않왔다.

다른 학과를 쫓아다니며 학과 운영의 방식들을 참고할 수는 있었지만 전문 토플, 토익 학원의 노하우를 배우는 것은 거의 불가능했다. 시행착오가 불가피했다. 이렇게 해보는 것보다 저게 나은 것 같으면 그렇게 해보고, 이런 식으로 하다 끝이 없다 싶으면 아예 방법을 바꾸었다. 초창기의 학습 노하우는 순전히 먼저 겪은 학생들이 몸으로 때워서 쌓여진 것들이었다.

그리고 학생들이 흐트러지지 않도록 계속해서 옆에서 격려하고 지켜봐주어야 했다. 많은 인내가 요구되는 프로그램이라 금방 녹초가 되기 쉬웠기 때문이다. 어떤 강제성이 나사처럼 조여주지 않으면 안 되었기에 학생들을 관리하는 일도 보통 힘든 게 아니었다.

처음 했을 때는 생각했던 것보다 결과도 좋지 않았다. 손이 많이 가고 혼자 지도하는 것이 너무 힘들어서 포기할까 하는 생각도 했었지만 방학이 되면 한 번만 더 해보자는 마음으로 계속해 나갔다.

그렇게 차츰 영어 학습의 적절한 방법들을 만들어 가면서 영어 프로그램은 자리를 잡기 시작했다. 처음에는 프로그램을 끝까지 완수한 학생들이 30퍼센트 남짓에 불과했지만 해가 갈수록 그 비율은 급신장하기에 이르렀다. 또한 영어 성적이 오르는 것을 보자 참여하는 학생 수도 증가하였다.

지성이면 감천이라고 BK21(Brain Korea 21의 약칭) 사업의 지원을 얻어내면서 학과 내에 외부 전문 강사를 초빙하여 아예 영어강좌로 그럴듯한 형태가 만들어질 수 있었다. 방학이라는 장점을 최대한 이용하기 위해 아침 9시부터 밤 9시까지 거의 12시간에 이르는 강행군을 감행했다. 단기간에 영어 수준을 증폭시키기 위한 방법이었다. 지금도 변하지 않는 이 집중적인 영어 교육 환경은 스스로 무언가를 성취해냈다는 상승효과를 배가시켜 다른 공부에도 좋은 영향을 주었다.

개인 공부방이 따로 배정되면서 집중도는 더욱 끌어올려졌고, 함께 모여 강의뿐만 아니라 숙제까지 해결하는 분위기는 처음의 열의를 방학이 끝날 때까지 유지하도록 하는 버팀목이 되었다.

이제는 학교 단위의 방학 영어 프로그램으로 완전히 정착되어 한 학기당 참여하는 인원만 모두 40명에 이르며, 다른 학과 학생들도 선택적으로 참여할 정도까지 성장했다.

2002년은 또 한 번의 중요한 전환기였다. 개인적으로 준비되던 유학 프로그램이 또 한 차례 변화의 계기를 갖게 되었던 것이다. 여러 학생들과 교수들이 BK21 사업의 일환으로 단기해외어학연수의 기회를 가졌던 덕분이었다.

2002년 여름에 캐나다로 학생들과 함께 연수를 다녀온 왕보현 교수가 캐나다에서 여러 가지 정보를 접하고 유학에 대한 가능성을 인식하면서 적극적으로 유학 프로그램에 동참하게 되었다. 그 후로 유학프로그램은 더욱 활성화되기 시작했다.

학생들도 어학연수로 인해 많은 혜택을 받았다. 김종현도 그 혜택을 받은 학생 중의 하나였다. 그는 스탠퍼드를 비롯해 말로만 듣던 유명 대학들을 방문해 학문적 분위기와 연구 시설을 돌아보고 깊은 인상을 받았다. 여기서 유학에 대한 열망을 키울 수 있었으므로 목표 설정을 하기가 수월했다.

지금껏 혼자서 진행해 왔던 유학 프로그램에 큰 변화가 생긴 것이다. 종현이를 비롯해 김종복, 임구봉 등 유학을 준비하고 있던 그룹의 지도도 왕보현 교수와 함께 프로그램을 진행하게 되면서 더 조직적으로 운영하게 되었다. 이처럼 유학 프로그램은 바야흐로 새로운 전환기를 맞게 되었다.

그들은 한 방에서 동고동락하며 정보를 공유하고 지칠 때마다 서로를 독려하며 어깨를 걸고 나갔다. 동일한 목표를 위해 모였으니 서로가 원군을 얻은 것처럼 든든했던 것 같다. 그들은 유학 준비에 매진했을 뿐만 아니라 후배들을 위해서도 노력했다.

그들은 유학에 관심이 있고 또 해보고자 문을 두드리는 후배들을 위해 그 동안 준비해 오면서 만든 자료들을 체계적으로 정리했다. 자신들의 노하우를 후배들에게 알려주기 위해 정기적인 미팅을 해 나갔고, 유학 정보를 제공하는 인터넷 카페를 개설하고, 자신들이 밟은 오류를 거치지 않도록 꼼꼼히 배려해주었다.

개인에서 그룹으로 발전된 유학 프로그램은 후배들과의 교류를 통해 자연스럽게 선순환의 시스템을 만들어 나가고 있었고, 또한 학과 교수들 사이에서도 조금씩 유학의 가능성에 대한 인식이 형성되기 시작하였다.

경제적인 난관에 부닥쳐 포기할 뻔했던 종현이는 집안 형편이 어려워 자비로 갈 엄두를 내지 못했기에 어려움이 많았다. 방학만 되면 막노동을 해 돈을 벌어야만 했고, 학기 중에도 아르바이트를 쉴 수 없었다. 함께 공부하는 동기들도 이것까지는 어쩔 수가 없었는지 내게 종현이의 감춰져 있던 사정을 전해 왔다.

이래서는 아무리 노력한다 해도 한계에 부닥칠 수밖에 없을 거라는 생각에 작정하고 종현이를 찾아갔다. 종현이는 학과 컴퓨터실 아르바이트를 하던 중이었는데 나의 출현에 적잖이 놀란 듯했다. 그러나 내가 왜 왔는지 무슨 말을 하려고 하는지 대충은 알았으므로 나는 다짜고짜 내 할 말만 했다.

"너 정말 공부를 하고 있는 것이냐?"

종현이는 고개를 숙인 채 아무 말도 하지 못했다.

"유학을 가려면 확실히 준비해서 가고, 그렇지 않으면 여기서 포기해라."

이 한 마디만 남기고 나는 컴퓨터실을 나왔다. 종현이의 성품이나 개인사정을 잘 알고 있는 터라 그런 말을 하고나서 너무나 마음이 아팠다. 종현이에게는 그 말이 마치 벽을 뚫고 나가라는 말로 들렸을 것이다.

그런데 다음 날 컴퓨터실을 담당했던 이상민 교수로부터 종현이가 아르바이트를 그만두었다는 얘기를 들었다. 그때부터 종현이의 유학 준비는 더욱 뚜렷한 목표로 다가왔고, 누구보다 가열차게 진행되었다.

하늘은 스스로 돕는 자를 돕는다.

미국 대학원에 지원을 마치고 난 즈음 이공계 유학생들을 지원하기 위한 프로그램이 정부 차원에서 마련되어 거기에 신청할 수 있는 기회가 생겼다. 그런데 지원 자격을 얻으려면 미국에서 입학 허가가 나와야 했지만 유학 지원 사업의 마감날짜가 임박하도록 미국의 어느 대학에서도 합격 소식이 오지 않았다.

결국 신청 마감 전날 교수들이 모여서 대책을 의논했다. 억척스러워

보이기는 했지만, 이렇게라도 가능하면 해보자는 심정으로 학생들이 지원했던 미국 대학의 학과장에게 이메일로 편지를 보내기로 했다. 국비장학생으로 유학을 떠날 기회를 놓쳐버리지 않도록 입학 허가 유무를 미리 알려달라는 내용이었다.

이미 떨어진 대학들도 있었지만 아직 심사 중인 대학들도 있었는데, 마감일 아침에 델라웨어대학(University of Delaware)에서 합격을 확인해주는 이메일이 그 대학 학과장으로부터 직접 도착했다. 그 메일을 해외 석박사과정 사업 담당자에게 전화를 걸어 보내고 팩스로 지원 양식을 보내 간신히 마감 전에 접수시킬 수 있었다.

한바탕 전쟁을 벌이다시피 애를 쓰고 난 덕분에 종현이와 임구봉이 국비 장학생으로 유학길에 오르는 흐뭇한 장면이 연출될 수 있었다. 자칫 좋은 기회를 허무하게 날릴 뻔한 아찔한 순간을 극적으로 전환시키게 된 데는 여러 교수들의 노력과 공이 크다.

종현이는 미국 전체 대학교 평가에서 22위에 랭크되고, 미국 내 전산 네트워크 2위 수준의 대학인 델라웨어대학에서 2년 만에 석사과정을 마칠 수 있었다. 석사과정 동안 매해 3만 달러씩 받고 장학생으로 공부를 했는데, 석사학위를 받은 해 9월부터 박사과정에서는 더욱 놀라운 일이 벌어졌다. 지도교수가 추천해주는 연구 장학금(Research Assistantship)이 나오면서 학비 면제는 물론이고, 매달 생활비로 1500달러씩 받으면서 여유 있게 공부할 수 있었다.

종현이는 알뜰하게 살면서 무려 한 달에 1000달러씩 저축까지 하고 있다고 한다. 결국 종현이는 한 푼의 돈도 안 들이고 박사학위를 따낼 것이다.

　나는 아직도 학과 컴퓨터실에 들어가면 어깨를 숙이고 아르바이트를 하는 종현이가 애잔한 잔상처럼 떠오른다. 그가 만약 거기서 나오지 않았다면 그의 인생은 계속 그만한 공간 속에 갇혀 있었을지도 모른다.

강릉대 전자공학과 2년 연속 두 자릿수 학생
'미 명문대학원' 합격

'간판' 설움 털고 국내외 굴지 기업 취업
'학벌 굴레' 뒤집은 실력…… 강릉대 전자공학과 일냈다

학생들을 미국의 명문대학원에 보내겠다고 했을 때, 사람들은 비웃었다. '삼류대'가 뭘 할 수 있겠느냐고. 그러나 보란 듯이 '뒤집기 한판승'을 일궈냈다. 최근 2년 연속 두 자릿수의 학생을 미국 유수의 대학원에 합격시켰다.

변방의 이름 없는 국립대, 강릉대 전자공학과 얘기다. 강릉대 전자공학과는 올해 졸업생 70명 가운데 14명이 퍼듀대·뉴욕주립대 등 미국 명문대 석·박사 과정 입학 허가를 받아냈다. 지난해에도 10명이 합격했다.

이런 열매 뒤에는 교수와 학생들의 눈물겨운 노력이 숨어 있다. 전자공학과는 학사 관리가 깐깐하기로 소문이 났다. 휴강을 하게 되면 반드시 다음 날 밤에 보충을 한다. 수업 결손을 막느라고 시험도 저녁 7시부터 치른다. 성적도 엄격하게 매긴다. 전공과정 첫 학기인 2학년 1학기 때는 절반 가까운 학생이 학사경고를 받을 정도다.

학생들이 24시간 공부할 수 있도록 학과 독서실도 마련했다. 독서실은 자정이 넘도록 공부하는 학생들로 붐빈다. 방학 중에는 학과 차원에서 토플반을 두어 하루에 3시간씩 수업을 한다. 이 프로그램에 참여하는 학생들은 의무적으로 오전 9시부터 밤 9시까지 독서실에서 공부해야 한다. 4학년 최선욱(26)씨는 "학생들이 대부분 고3 때보다 훨씬 더 열심히 공부한다"며 "명문대생들과 경쟁하려면 더 많이 노력하는 길밖에 없지 않으냐"고 말했다.

전자공학과가 국외로 눈을 돌리기 시작한 것은 1990년대 중반부터다. 90년에 첫 신입생을 뽑은 뒤, 어느 학교 못지않게 열심히 가르쳐 학생들을 사회에 내보냈지만 취업의 벽은 높기만 했다. 실력보다 '간판'을 중시하는 학벌사회에서 지방대의 설움을 곱씹어야 했다. 학생들은 "어차피 취업도 안 되는데 공부는 해서 뭐하느냐"며 패배의식에 젖어들었다.

교수들은 학생들의 교육에 인생을 걸어보자고 뜻을 모았다. 조명석 교수는 "이제부터라도 열심히 노력해 실력을 쌓으면 당당하게 세상과 맞설 수 있다는 자신감을 심어주고 싶었다"고 말했다. 학벌의 굴레를 벗어날 해법으로 유학을 생각해냈다. 전공과 어학 실력만 갖춘다면 미국 대학원에 입학할 수 있고, 학위를 받으면 국내에서도 실력을 인정받을 수 있기 때문이다.

무엇보다 학생들의 열패감을 씻어내는 일이 시급했다. 교수들은 학생을 한 사람씩 불러 한두 시간씩 면담을 했다. 수업시간에도 틈만 나면 "대학 입학은 끝이 아니라 시작이며, 인생에서 가장 중요한 것은 목표를 갖는 것"이라고 학생들을 다독였다. 96년에 첫 열매가 열렸다. 교수들의 권유로 처음으로 미국 대학원 문을 두드린 학생이 미국 아이오와주립대 석사 과정에 입학했다. 이어 2000년과 2002년에 한 명씩, 2003년과 2004년에는 각각 두 명이 유학길에 올랐다. '남의 일'로만 여겼던 외국 명문대 유학이 주변에서 현실로 나타나자, 학생들 태도가 달라지기 시작했다. 눈에 띄게 자신감이 생겼고, 유학과 상관없이 전공과 영어공부에 매달리는 학생들이 늘었다.

미국에서 석사 과정을 마친 뒤 지난해 10월부터 삼성전자에서 일하고 있는 임구봉 (27)씨는 "우리 학과 교수님들은 학생 하나하나가 자기 길을 찾을 수 있도록 끊임없이 조언해주고 동기를 부여해주는 진정한 멘토"라고 말했다.

　　　　　　　　　　　　　　－〈한겨레신문〉 2006년 8월 23일 1면 기사 중에서

누가 지방대엔 가망이 없다고 말하는가

에이브러햄 링컨은 대통령 취임연설을 하러 워싱턴으로 가야 했을 때
기차표를 사기 위해 돈을 꾸기도 하였다.
가난 속에서 태어나 가난하게 살던 그가 만일 비겁한 인생관을 지녔더라면
그는 어떻게 되었을까?

스텔링 실

미국 명문대학원 진학 프로그램이 누구 한 사람의 힘으로 처음부터 끝까지 이루어질 수는 없었다. 누군가는 시작을 하고, 시행착오를 거치며 초석을 닦는 사람이 있는가 하면 누군가는 그 프로그램에 동참하여 힘을 실어 주는 사람들이 있게 마련이다. 혼자 어떤 일을 하는 것은 한계가 있기 때문이다. 이 프로그램 역시 이러한 과정을 거쳤다.

적어도 시작은 내가 하게 되었지만, 현재의 성과는 우리 학과의 모든 교수들, 학생들 모두의 몫으로 돌아가야 한다. 사람의 일은 늘 보태지거나 쪼개지면서 모양이 많이 달라지게 마련이다. 왕보현 교수의 적극적인 참여가 있은 후로 프로그램이 더 힘을 받기 시작했다.

처음에는 왕보현 교수도 내가 하는 일에 조금은 방관자적인 입장이

었다. 참 열심히도 하는구나, 이 정도 관심에서 더 나을 것도 없었다. 그랬던 그가 이 일을 좀 더 깊이 들여다본 계기가 있었다.

2000년부터 교육부의 BK21 사업에 참여하면서 성적이 우수한 학생들을 선발하여 방학 중 교수의 인솔 하에 일 년에 한 번씩 해외로 영어연수를 보낼 수 있는 기회를 갖게 되었다. 한 달간 외국의 명문대학교를 방문하고 영어수업을 현지에서 받을 수 있는 연수 기회는 학생들과 교수들에게는 매우 유익한 경험이었다.

그는 2002년 여름방학을 이용해 학생들과 캐나다로 BK21 어학연수를 다녀왔었다. 처음에 그가 나를 찾아왔을 때는 연수 다녀온 소감 정도를 듣게 되겠구나 싶었다. 그런데 그가 대뜸 꺼낸 말은 이 미국 명문대학원 진학 과정이 어떻게 진행되고 있는지 알고 싶다는 것이었다.

아무도 알아주지 않는다는 약간은 서운한 마음이 교수들에게도 없지 않았고, 무언가 답보 상태에 머물고 있는 것만 같은 프로그램의 한계가 스스로를 불안하게 만들었다. 이제 와서 포기할 수는 없었지만, 면담을 하고 영어 프로그램을 진행하면서 시행착오를 겪으며 10년이 넘어가는 고갯길은 혼자서 넘기엔 몹시 힘이 부친 상태였다.

이때 왕보현 교수가 거들겠다고 팔을 걷어붙인 것이다. 적어도 이 일을 부정적인 시각으로 보는 교수는 없었지만 그렇다고 적극적인 동참의 의지를 보인 교수들도 없었는데, 뜻하지 않은 원조는 놀라운 것이었다. 그래서 왕 교수를 변화시킨 계기가 궁금하지 않을 수 없었다.

그가 이렇게 성큼 프로그램 안으로 발을 들인 데는 무엇보다 학생들 때문이라고 했다. 왕 교수는 학생들이 캐나다 연수에서 보인 관심에 충격을 받았다고 했다. 그들은 미국의 명문대학들을 방문하면서 마치 자신들이 들어올 예정이기라도 한 것처럼 눈빛들이 뜨거웠다고 했다. 그들의 열린 마음과 생동감 넘치는 눈빛을 통해 이들도 나와 똑같이 내가 대학 시절 갖고 있던 꿈, 열정 그리고 희망을 갖고 있는 그런 청년들임을 금방 알아차릴 수 있었다고 했다. 그들의 마음속에 있는 어떤 열망 같은 것이 전염되듯 학생들 사이에서 번져 자신에게까지 전해졌다는 것이다.

'이들은 지금 자신들이 살아온 세상에서 지금까지 한 것과는 전혀 다른 경험을 하고 있는 것이다. 저들처럼 좀 더 넓은 세상에서 열정적으로 공부하고 싶다! 혹시 그런 마음이 드는 것은 아닐까.'

그때부터 왕 교수의 마음에 갈등이 일기 시작했다.

'한국으로, 그리고 학교로 다시 돌아갔을 때 이 귀중한 경험은 어떻게 될 것인가.'

가벼운 마음으로 떠난 연수였지만 돌아오는 내내 왕 교수는 궁리와 번민을 반복했다는 것이다. 그때 내 얼굴이 떠올랐다니 나로서는 그저 황공할 뿐이었다.

이렇게 돌아가서 그 소중한 체험들이 그저 일회성에 불과한 것으로 된다면 오히려 다녀오지 않으니만 못하지 않을까. 길이 보이지 않는데 언감생심 꾸지 못할 꿈에 지나지 않는다면 공연히 또 다른 좌절감만 맛보지 않을 것인가.

왕 교수는 비로소 이들을 위해 할 수 있는 방법이 늘 자기 곁에 있다는 것을 깨달았다고 했다. 학생들로 하여금 꿈꾸게 하고 싶고, 그것을 현실로 만들어주고 싶다는 소망이 싹트면서 나에게 오는 마음이 급했다고 했다.

왕 교수와 많은 이야기를 나누었다. 의기투합에 앞서 이 일이 얼마나 고된 것인지를 알아야만 했다. 왕 교수의 가세는 프로그램을 좀 더 효과적으로 개선시키는 데 큰 힘이 되었고, 유학을 준비하는 학생들이 늘어나면서 진학 지도까지 분담할 수 있었다. 다른 교수들이 관심을 갖고 적극적으로 동참하기 시작한 것도 이때부터라고 해야 할 것이다.

모든 교수가 이 프로그램에 뛰어든다는 것은 바람직하지도 않고 그래서도 안 된다. 그리고 이 프로그램 자체가 학과 전체의 중심이 되어선 더더욱 안 된다고 생각한다. 모든 학생들이 유학을 갈 수 있는 것도 아니고, 다양한 진로와 다양한 성향의 학생들이 선택해야 하는 길을 좁게 만들어서는 안 되기 때문이다. 또한 교수들이 대학원생을 지도하고 연구와 다른 봉사활동 등을 하는 것도 대학의 중요한 역할이기 때문이다. 교육에 있어서도 다른 교수들은 어쩌면 가장 중요한 전공 교육에 열과 성을 다함으로써 유학 사업을 옆에서 도와주고 있는 셈이다.

우리는 애초부터 강의를 원서로 진행하고 있었다. 언제부터 새삼스레 시작된 것이 아니라 그것은 당연히 그래야 하는 것처럼 처음부터 그래왔다. 지방대 공대에서 교과 전체가 원서로 강의되는 곳은 찾기가 쉽지 않을 것이다. 원서 강의는 그만큼 교수들에겐 부담이 되지 않을 수 없다. 더 철저하게 강의 내용을 교육시키지 않으면 원서를 제대로 이해시키기가 어렵다. 다시 말해 더 많이 준비하고, 더 열심히 가르쳐야만 원서 강의는 가능했다.

누구도 여기에 이의를 제기하지 않으면서 학생들은 자연히 원서로 수업을 받는 것을 당연하게 여겼고, 그것은 유학을 가든 취업을 나가든 든든한 밑거름이 되고 있다는 것을 모두 공감하게 되었다.

누군가는 학생들을 면담하고, 누군가는 유학을 갈 수 있도록 실질적인 지도를 해주고, 누군가는 유학을 가서도 뒤떨어지지 않게 공부할 수 있도록 전공 실력을 끌어올려 주어야 한다. 서로가 서로의 역할을 충실히 한다는 공감대가 형성되면서 이 프로그램은 더욱 탄력을 받게 되었다.

그리고 학과의 차원에서 모든 학생들은 존중받고, 때로는 도움도 받을 수 있어야 했다. 2004년 유학을 갔던 A의 경우는 교수들의 진정성을 공감할 수 있는 중요한 기회가 되었다.

A는 미국의 대학원 석사과정에 이미 합격한 상태였다. 이제 준비하는 과정에서 입학허가를 받기 위해 재정보증만 남겨 놓았으니 얼마나 기쁘고 설렐 것인가. 학과사무실 앞에서 만났을 때 축하의 덕담을 해주었다. 잘했다. 너는 가서 누구보다 더 잘할 것이다. 그리고 돌아서려는데 풀이 죽은 게 뭔가 좀 이상한 느낌이 들었다.

얘기를 들어보니 아직 준비를 못하고 있다는 것이다. 사연을 들어보니 딱하게도 되었다. 서울 금융기관에 있던 친척이 재정보증을 서주기로 했는데, 막상 시험에 합격하고 났더니 재정보증이 어렵겠다고 한다는 것이다. 친척에게 부탁하지 않을 수 없을 만큼 집안 사정이 여의치 않았다. 부친과는 함께 살고 있지 않으며, 모친은 현재 은행에서도 돈을 대출받을 수 없는 상황이었다.

누군가의 도움 없이는 자력으로 해결할 수 없겠다는 생각이 들었다. 그래서 이 문제를 풀어보기 위해 교수들이 모였다. 의논한 끝에 우리가 재정보증을 서자는 쪽으로 모아졌고, 여러 교수들이 십시일반으로 돈을 모아 은행에 적립했다. 혹시라도 은행에서 어머니 계좌로 들어온 돈을 재빨리 빼갈까 염려도 되었지만 다행히 그런 일은 일어나지 않았다. 이렇게 해서 A는 극적으로 입학허가를 받을 수 있었고, 전화위복이 되었는지 석박사 유학사업에도 합격해 국비장학생으로 유학을 떠나게 되었다.

이번 일도 '하늘은 스스로 돕는 자를 돕는다'는 말을 또 한 번 실감하게 했다. 또한 이런 일에 모든 교수들이 참여함으로써 유학 사업을 공감하고 보조를 맞추어 나가는 또 하나의 계기가 되었다.

이 프로그램은 이제 모든 학생과 교수들에게 열려 있는 상태로 발전했다. 특별히 전담하는 교수가 있는 것이 아니므로 학생들은 유학에 필요한 제반 사항들을 모든 교수들에게 문의할 수 있다. 때로는 교수 스스로 자신의 유학 시절의 경험담을 얘기해주기도 하고, 그 경험을 바탕으로 세세한 지도까지 해나간다.

이미 유학을 준비하는 학생들은 이처럼 교수들이나 또는 선배들로부터 무엇을 어떻게 공부해야 하며, 가서는 중요한 첫 학기를 어떻게 적응해야 하는지, 무슨 과목들을 선택할 것인지 배우게 되며, 영어로 발표를 어떻게 해야 하는지, 까다로운 문제에 부닥쳤을 때 처신하는 방법이며, 적응 기간을 단축시키는 법, 지도 교수를 선택하는 일 등등 중요한 요령들까지 섭렵하게 된다.

그리고 유학을 간 뒤에도 상담 교수들과 이메일을 주고받으며 필요한 정보와 고민을 나누고, 그것들을 교수들이 모여 함께 의논하기도 한다. 그야말로 완벽한 애프터서비스나 다름없으니, 학생들이 적응하는 데 큰 무리가 생기지 않는 것이다. 또한 유학을 갔거나 준비하는 학생들끼리도 서로 필요한 정보를 교환한다.

누가 지방대는 가망이 없다고 말하는가?

만약 우리 교수들이 그런 소리를 듣는다면 화를 낼 것이 분명하다.

누가 이들을 멋지게 탈피시켜 반짝거리는 나비로 만들었는가?

만약 우리 교수들이 이런 질문을 받는다면 이렇게 말할 것이다.

열정이지요.

네 안의 잠든 열정을 깨워라

운명은 일시적으로 결정되는 것이 아니라 오랜 시간의
노력과 시련, 알려지지 않은 노동의 기초 위에서 세워진다. 그렇게 결정된
운명은 대부분 신뢰할 만하고 견고해서 흔들림이 없다. 왜냐하면 그것은
자신이 노력해서 이미 일궈낸 성과들을 토대로 만들어진 것이기 때문이다.

로맹 롤랑

어제는 GRE시험이 있었던 날이다.

내년 유학을 준비하는 학생들은 그동안 GRE시험을 대비해 꾸준하게 그룹 스터디를 해왔다. 두 달간 모여 모의시험을 보고 정보를 교환하며 부지런히 준비해 왔는데 그 노력을 마무리하는 시험이었다.

GRE나 TOEFL시험을 치르려면 아예 하룻밤 잘 예정을 하고 가지 않으면 안 된다. 강릉에는 시험장이 개설되지 않아 1박2일로 서울이나 다른 지역으로 가서 시험을 치러야 한다. 지방이라 겪는 어려움 중 하나일 것이다. 이번에도 학생들은 서울에 올라가 모텔부터 잡은 다음 함께 하룻밤을 묵고 다음 날 아침 시험을 치렀다.

오늘 나는 시험을 치르고 온 학생들에게 전화를 걸어 수고했다는 말

과 아울러 조심스레 시험은 잘 봤는지 곁들여 물었다.

"네, 잘 본 것 같습니다. 다른 학생들도 잘한 것 같아요."

활기찬 목소리를 듣자 안심이 되었다. 다시 한 번 수고 많이 했다고, 그리고 잘했다고 격려해주었다. 매년 이맘때면 늘 있는 일이지만 올해도 한 고비를 또 넘었구나, 하고 안도의 한숨이 절로 나왔다.

이제부터는 연말까지 대학교를 선정해야 하고, 교수들은 추천서를 쓰고 자기소개서 등 입학서류 준비를 도와주는 일로 바빠질 것이다. 곧 미국의 대학원에서 합격 소식이 들려오기 시작할 것이다. 그때가 가장 기분 좋은 시기이다. 내년에도 올해처럼 좋은 결과를 기대해본다.

십여 년 전 이상민 교수와 함께 학생들을 데리고 학교 뒷산에 담쟁이덩굴을 캐러 갔었다. 거기서 캐 온 덩굴을 가져다가 공학관 벽 앞의 화단에다 심었다. 아마도 마음속에는 언젠가 이 담쟁이들이 공학관 벽을 다 덮을 즈음 아이비리그와 같은 유명한 학교가 되어 있을 것이라는 소망이 있었던 것 같다. 그 당시 공학관을 신축한 지 얼마 되지 않아 화단의 땅이 비옥하지 못했는데 초기에는 따로 거름을 주며 꽤 신경을 썼다.

언제부터인가 줄기가 굵어지면서 뿌리를 튼튼히 내렸고 이제는 2층을 지나 3층까지 넘볼 정도로 많이 자랐다. 언젠가 일부분이 누군가에 의해 훼손되어 걱정을 했었지만 다시 잘 자라는 것을 보고 안도한 적도 있었다.

올해도 가을이 깊어 갈수록 담쟁이 잎들도 아름답게 물들어 보는 이들을 즐겁게 해주고 있다. 가끔 있는 일이지만 외부에서 온 사람들이

물이 곱게 든 담쟁이덩굴을 배경으로 기념사진을 찍는 것도 보았다.

담쟁이를 심고 얼마 안 되어 초등학교에 갓 들어간 우리 아이들을 데려왔던 적이 있었다. 작은 담쟁이덩굴을 보여주면서 이 담쟁이가 4층에 있는 아빠 방까지 올라갈 때쯤이면 너희들이 얼마나 자라 있을까, 아이들에게 물었던 기억이 난다. 그 아이들이 벌써 군대 갔다 복학한 대학생이 된 것을 보니 정말 세월이 빠르다.

붉게 물든 담쟁이가 2층까지 올라가는 데도 십 년이라는 세월이 필요한 것을 보면 무슨 일이건 결과가 하루아침에 나오는 것은 없는가 보다.

콜로라도대학(University of Colorado)에서 박사과정을 거의 끝마쳐가고 있는 한효정과 통화를 했다. 오랜만에 하는 통화라 국제전화를 거의 한 시간가량 한 것 같다. 먼저 전화 드리지 못한 것에 대한 송구함부터 꺼내놓지만 곧 제 고충을 시시콜콜 털어놓는다. 어떤 것은 그냥 응석부리는 것만 같은데 그것도 들어주는 재미가 있다. 이렇게 가끔 유학 가 있는 제자들과 나누는 통화는 나를 즐겁게 한다.

효정이가 유학 갈 때 입학 허가가 오지 않아 마음 졸였던 기억이 난다.

어렵게 유학을 가게 됐던 효정이는 어느덧 박사과정의 마지막 논문만을 남겨놓고 있었다. 바쁘고 힘들 때는 정말이지 숨 돌릴 틈도 없을 지경으로 버겁기도 하지만 지금 거기서 공부하고 있는 게 너무 행복하다고 말한다.

유학 간 지 일 년 반 만에 연구 장학금을 받기 시작했는데, 지금은 학비를 면제하고도 월 1700달러의 생활비를 받고 있단다. 방학 때는 그 두 배인 3400달러씩 받아서 짭짤하다고 하니 돈 걱정은 안 하는 모양이었다. 오히려 공부하면서 돈을 모으는 것 같다는 인상을 받았다.

"다른 대학 출신들과 전공 능력을 겨룰 때 내가 대학 시절에 정말 탄탄하게 실력을 기르고 왔다는 걸 피부로 느껴요."

유학을 가면 그들은 늘 한 번쯤 굳이 이런 말을 꺼낸다. 나는 그게 겉치레로 나온 말이 아니라는 것을 안다. 스스로 신기한 경험이라 누군가에게 얘기하지 않으면 못 견딜 것만 같은 것이다. 이런 말을 들을 때마다 우리 학과 교수들이 정말 잘 가르치고 있구나, 하는 생각을 새삼스레 하게 된다.

"버클리 출신 지도교수님인데, 늘 잘해주세요. 그래도 연구지도는 깐깐하게 하셔서 매주 한 번씩 두 시간 발표를 하느라 힘이 들기도 해요."

정말 힘든 것이 아니라 힘든데도 즐겁다는 목소리다. 논문을 한 편 썼고 학술대회에 또 하나의 논문을 제출하여 논문 발표 준비를 하고 있다고 한다.

세계적인 학술대회에서 많은 학자들 앞에서 하는 발표라 떨린다고 해서 발표 준비 요령을 일러줬다. 종현이도 프랑스 국제학술대회에 가서 발표할 때 내가 일러준 방법으로 준비해 발표를 잘했다는 얘기도 해줬다.

이제는 조금씩 졸업 후의 진로에 대해서도 기대와 걱정이 생기는 모양이었다. 졸업 전에 잊지 말고 미리 준비해야 할 일들에 대해서도 얘기를 나눴다.

요즈음은 거기에도 조기유학들을 많이 오는 모양이었다. 고급 승용

차를 굴리는 학생들이 얼마나 많이 눈에 띄면 한국에는 부자들이 많은 것 같다며 외국 친구들이 놀라기도 한다는 것이다. 저 보기에는 대학만 졸업하고는 취업이 매우 어렵고, 영주권이라도 있어야 그나마 취업 가능성이 있다면서 조기 유학을 부정적으로 생각하고 있었다.

그리고 강릉대 전자공학과를 졸업하고 올해 그 학교로 유학을 간 후배 김학래도 첫 학기를 잘하고 있다고 했다. 벌써 지도교수를 정했으며 곧 연구 장학금(RA)을 받게 될 거라고 한다. 옆에서 많이 조언해주고 잘 도와주라고 부탁까지 해놓는다. 이런 저런 많은 얘기를 나누고 나니 유학 가 있는 딸과 통화하는 것처럼 애틋한 느낌이 들었다.

최근 2년 동안 석사학위는 네 명이 취득했고 내년이 지나면 한효정이 우리 학과 세 번째 박사가 될 것이다. 앞으로 계속해서 석사 박사가 나올 것을 생각하니 뿌듯하다.

이재민은 내가 박사학위를 받았던 플로리다대학(University of Florida)에서 나보다 짧은 기간에 학위를 마치고 내 박사 후배가 되었는데, 작년부터 LG전자에 근무하고 있다.

"교수님, 딸기 사주세요" 하던 꼬맹이 재민이가, 아니 이재민 박사가 귀국해서 내 방을 찾아왔었다.

플로리다대의 학교 상징인 악어 그림이 그려져 있는 머그잔을 선물로 들고 와서는 "이제 선배님이라고 불러도 되나요"라고 애교 섞인 표정으로 말할 때 "그럼! 자랑스런 후배지, 이재민 박사"라고 대답했던 기억이 난다.

요즘은 최첨단 DMB폰을 개발하느라 정신없이 바쁘다고 한다. 조만

간 자기가 개발한 폰이 국내 최초로 출시될 것이라면서 한참 자랑을 늘어놓는다. 힘들지만 일이 재미있다고 말할 때는 뿌듯한 감정까지 느낄 수 있었다. 시간 여유가 좀 생길 때 강릉에 찾아오겠다고 하니 그때 제자이자 자랑스러운 후배인 이재민 박사와 맥주 한 잔 해야겠다.

하늘이 유난히 파랗고 높다. 오늘도 수업시간에 학생들은 앞자리를 꼭꼭 채우고 열심히 강의를 듣고 틈틈이 스터디 룸에서 공부할 것이다. 항상 그랬듯이 저녁시간에는 보강을 하거나 시험을 볼 것이고 우리 학과는 밤늦게까지 불이 켜져 있을 것이다. 교수들도 여느 때처럼 열성적으로 가르치고 학과를 업그레이드시키기 위해 머리를 맞대고 고민하고 끊임없이 노력해 나갈 것이다.

비가 오나 눈이 오나 이런 과정이 하루하루 쌓여 갈 때마다, 공학관 앞에 자라고 있는 담쟁이덩굴이 소리 없이 공학관 벽을 덮어나가듯 그들도 발전해 나갈 것이다. 담쟁이는 하루아침에 자라지 않으니까……

2장

세계의 명문대학원을 뚫는
평범하지만 비범한 전략

우리는 학생들에게 바다 위를 반사시켜주는 또 하나의 거울이다.
학생들이 절실하게 원하는 거울이 되기 위해
그 적당한 각도처럼 늘 비스듬히 고개를 숙이고 서로의 눈높이를 찾아간다.
일대일 면담은 따지고 보면 그런 멋진 잠망경을 만드는 일에 다름 아니다.
그리고 학생들이 바다 위로 부상할 때
새로운 세계가 열린다는 것을 알게 되는 것이다.

현실 직시는 문제해결의 출발점

우리 사회가 성공으로 통하는 길은 시험점수로 결정되는 것이 아니다.
사회가 당신에게 주는 기회를 얼마나 잘 붙잡느냐에 달려 있다.
데이비드 볼티모어

대학시절은 사회에 첫 발을 내딛을 준비를 하는, 인생에서 '가장 중요한 시기'다. 이런 시기에 입시지옥을 벗어났다는 해방감으로 귀중한 시간을 허송세월 하는 예가 허다하다. 그러다 졸업이 가까워지면 급한 마음에 휴학을 해서 시간을 벌든가 토익이나 취업준비로 허둥거리게 되는 것이다. 대학생의 절반 이상이 이틀에 한 번 이상 술을 마신다는 정말 믿기 힘든 통계는 대학생활의 현주소를 적나라하게 보여준다.

1학년 때는 대부분 교양과목이라 고등학교 때 입시 공부하던 실력으로 어느 정도만 공부해도 학점이 나온다. 그러나 2학년부터 전공이라는 완전히 새로운 학문을 접하게 되면 힘들어하는 기색이 역력하다. 새로운 분야를 공부하면 힘든 게 당연한데도 1학년 때 놀던 습관을 버리지 못하면서 상당수의 학생들이 좌절감을 느끼게 된다.

이런 학생들의 대부분은 흔히들 '적성이 안 맞아서' 라는 말들을 하며 자기 합리화를 하게 된다. 그리고는 전공에 대한 자신감이 없어지자 다른 전공을 기웃거리거나 공무원, 고시 등으로 방향을 전환하는 경우가 많다.

정말 이 전공을 공부해 앞으로 어떻게 하겠다는 '동기부여' 가 되지 않은 상태라면 대학의 공부는 점점 의미가 없어지고 힘들어질 수밖에 없다. 그러면서 부모님들이 힘들게 벌어서 대주는 비싼 등록금으로 왜 대학을 다니는가?

아래에서 자신의 문제를 찾을 수 있다면, 혹은 이런 앞날을 예견할 수 있다면 여기서부터 시작하는 게 바람직하다. 현실을 인정하는 것은 변화의 첫걸음이기 때문이다.

명문대에 목맸다 학벌 위주의 사회 풍토는 모든 것을 하나로 집중시켰다. 적성도 묻지 마, 전공도 묻지 마! 오로지 명문대 말고는 출구가 없는 것처럼 비좁은 틈으로 머리를 들이민다.

설사 명문대에 입학했다손 치더라도 적성에 맞지 않는다면, 긴 4년 동안 회의의 시간들을 견디는 건 쉬운 일이 아니다. 포기할 줄 모르던 열정이 자기도 모르는 새 사그라지는 슬픔. 그 슬픔이 오래도록 자신을 지배할까 두려울지도 모른다.

입학부터 졸업까지 취업공부에 매달렸다 대학에 진학한 후, 더 이상 공부하지 않는 기이한 속성은 대학의 정체를 혼란스럽게 만든다.

많은 학생들이 전공과 상관없이 공무원 시험이나 고시에 매달린다. 그러면 꼭 대학에 가서 시간과 돈과 정력을 낭비하며 하기 싫은 전공공부를 할 필요가 있는가?

나에게 대학은 무엇이냐?

여기에 대답하지 못하는 것을 자신 탓으로 돌리는 예는 거의 없다. 취업 연습장이 되어버린 대학을 한탄하는 순간, 새로운 결심이 서게 된다. 스스로 살벌한 취업 전선에 뛰어들기 위해 무장하는 것. 그리하여 전공에 대한 지식을 포기하는 대가로 많은 학생들이 시사상식이나 면접 보는 기술에 돈과 시간을 쏟아 붓는다.

그때부터 습득하는 혼자만의 지식은 단편적이며, 기교적이고 기계적이다. 현실은 두렵고 치러야 할 시험은 끝이 없다. 지금은 '청년 실업자 50만 시대'라고 한다. 정말 취업하기란 낙타가 바늘구멍 들어가는 것과 같이 힘든 상황이다.

경기도 K대 4년생인 백길현(26)씨도 행진에 동참했다. 1년간 기업에서 인턴사원으로 일하며 실무경력을 쌓았다고 자부하지만 아직까지 받아주는 회사가 없었다. 그는 "우리 학교의 경우 네 명 중 세 명이 졸업 전에 직장을 잡지 못하고 있다"며 "정부는 '비전 2030'이란 장밋빛 청사진을 제시하지만 정작 우리에겐 일자리 2030개가 더 절실하다"고 하소연했다. 또 "'고교 땐 대치동 입시학원가' '대학 시절엔 신림동 고시촌' '졸업 뒤엔 노량진 공무원 학원가'라는 '3대 입시 클러스터'가 존재하는 게 오늘의 현실"이라고 꼬집었다.

연세대 대학원생 최효광(29)씨는 석사를 마쳤지만 취업하지 못해 자괴감에 빠져 있다고 했다. 그는 "석박사급 인력이 사회에 경쟁력을 높이는데 보탬이 될 수 있도록 정부가 도와 달라"고 호소했다. 9월 현재 20대 실업률은 7.2%로 전체 실업률(3.2%)의 두 배가 넘는다. 통계청에 따르면 올 9월까지 20~29세 취업자 수는 월평균 402만여 명에 그쳐 1995년의 502만여 명에 비해 11년 만에 95만 명이나 줄어들었다. 지난달 1일 실시된 서울시 7, 9급 공무원 공채 시험은 105대 1이라는 사상 최대의 경쟁률을 보였다. 한양대 최기원 취업지원센터장은 "'일자리 창출 없는 성장' 시대로 접어들고 있어 청년층 취업난이 갈수록 심해지고 있다"며 "구조적인 청년실업 문제를 해결하기 위해서는 정부와 기업, 대학 간의 협력이 필요하다"고 지적했다.

-〈중앙일보〉 2006년 11월 2일 기사 중에서

　

"도서관에서 공부하는 사람 중 절반 이상은 공무원시험을 그 나머지는 영어공부하고 있다." 서울의 한 대학에서 4학년으로 재학 중인 한 학생의 말이다. 시험장마다 인산인해를 이룬다는 공무원시험. 과연 얼마나 많은 사람이 이 시험을 준비하고 있을까. 그 바로미터가 공무원시험 경쟁률. 지난달 4월 필기시험을 치른 국가직 공무원 9급 시험의 경우 17만 8,807명이 지원해 76대 1의 경쟁률을 기록했다. 국가직 공무원시험의 경쟁률은 매년 경쟁률이 올라가고 있다. 2002년의 경우 6만 3,736명이 지원해 21.9대 1의 경쟁률을 보였으며, 2003년에는 49.1대 1(7만 8,252명 지원), 2004년에는 51.7대 1(10만 9,718명 지원), 2005년에는 52.6대 1(12만 3,626명 지원)의 경쟁률을 기록했다.

-〈레이버투데이〉 2006년 10월 14일 기사 중에서

성공보다 실패가 더 많은 어학연수를 다녀왔다 외국어가 필수가 되어 있는 것처럼 미국, 캐나다, 호주, 필리핀 등 해외 어학연수도 당연한 코스처럼 여겨진다. 해외 어학연수 비용도 만만치 않다.

대학 4년이 끝나도록 한 번쯤 어학연수를 다녀오지 않은 학생들을 발견하는 것은 쉬운 일이 아니다. 그러나 기대한 만큼 성과를 거두고 목표한 외국어 능력을 얻은 경우 역시 드물다.

많은 비용이 소모된 만큼 질적 효과를 보았느냐고 물으면 백이면 백 모두 고개를 설레설레 저을 것이다.

대학으로 대기업을 꿈꿨다 대기업 같이 선호도가 높은 직장에 들어가는 것은 바늘구멍을 뚫는 것처럼 어렵다. 한두 해 준비하는 게 아니라 대학 입학 때부터 아예 대상 기업을 정해놓고 작정해서 공부하기도 한다.

실무에 대한 전공지식과 기술뿐만 아니라 TOEIC이나 TOEFL 등의 외국어 실력, 의사소통 능력 등 다양한 실력이 겸비되지 않으면 안 된다. 그러나 국내 대학의 교육은 이러한 인재 조건의 요구를 거의 수용하지 못하고 있다. 마찬가지로 국내 기업들도 현재의 우리나라 대학 교육을 신뢰하지 못한다. 그래서 신입사원보다는 경력사원을 더 선호하는 경향이 생겼다.

학생은 대학을 믿지 못하고, 기업은 그 대학의 학생들을 믿지 못한다면 기업의 눈이 어디로 향할지는 불 보듯 뻔하다.

나는 인재가 되기 위해 노력했다 삼성, LG, 현대 등 많은 국내 대기업들이 리얼(real) 인재를 찾기 위해 혈안이 되어 있다. 그런데도 마땅한 사람들을 찾지 못해 아우성이다.

치열한 경쟁 속에서 발견된 인재에겐 자신들의 회사로 끌어들이기 위해 전폭적인 지원을 아끼지 않는다. 그러나 애석하게도 이런 현장이 벌어지고 있는 곳은 국내가 아니다. 그들은 해외에서 인재를 스카우트하는 데 더 많은 노력을 기울이고 있다. 그 치열한 스카우트의 대상은 특히 미국 유명대학의 석박사 출신 엔지니어들이다.

국내 대기업들은 일 년에도 몇 차례씩 많은 비용을 들여가면서 해외로 글로벌 인재를 스카우트하러 나간다. 서로 자기 회사로 오라는 바람에 과열경쟁도 일어나고 있다. 국내 상황과 너무 대조적이지 않은가.

이미 글로벌 기업으로 성장한 삼성전자와 LG전자는 글로벌 인재를 한 명이라도 더 확보하기 위해 수시로 해외 유수의 대학을 찾는다. 삼성전자는 지난 99년부터 미국에서 석박사급 인력을 확보하기 위해 각 사업부문별로 별도의 태스크 포스를 구성, 운영하고 있다. 태스크 포스는 상·하반기에 한 번씩 미국 대학에서 채용설명회를 개최한다. 특히 최고경영자(CEO) 스스로가 인재 확보의 최전선에 나서 '헤드헌터' 역할을 자임한다. 이들은 해외출장 때마다 고급 인재를 대상으로 인터뷰하는 경우가 많다.

－〈서울경제신문〉 2006년 8월 22일 기사 중에서

삼성전자의 선진국 석박사 채용 프로젝트를 전담하는 4~6개의 해외인력팀은 1년의 대부분을 해외에서 보낸다. 이들은 지역마다 아예 국제채용

담당자(IRO)까지 두고 인재 사냥에 나서고 있다. LG전자는 올 2월 연구
개발(R&D) 및 인사담당 책임자급 임직원 10여 명으로 구성된 '해외 우수
인재 유치단'을 북미에 파견했다. 유치단은 스탠퍼드대 등 20여 곳의 미
국명문대를 일일이 방문했다. 유럽과 일본에서도 올해 안에 각각 2회 이
상 순회 채용활동에 나설 계획이다.

-〈동아일보〉2006년 11월 6일 기사 중에서

안에 길이 없다면 밖으로 눈을 돌려라!

기회를 놓치는 이유는 대부분 기회가 오지 않아서가 아니라
기회가 왔음을 눈치 채지 못하거나 기회가 지나가고 있음을 알고도
손을 내밀어 붙잡지 않기 때문이다.

로맹 롤랑

국내 명문대학원 진학이 더 어려워

우리는 많은 좌절을 맛보았다. 그것은 개인들 역시 마찬가지일 것이다. 미국 유명대학원에 진학하는 것보다 국내 명문대학원에 진학하는 것이 훨씬 더 어렵다. 기가 막힐 노릇이지만 이런 아이러니야 세상엔 얼마든지 있지 않은가.

미국의 많은 명문대학원에는 미국인보다 더 많은 해외 유학생들이 들어간다. 국내 명문대학원에는 외국 유학생들을 찾아보기 힘들다. 그런데도 국내 명문대학원 입학 합격률이 제로에 가까웠다.

우리는 대학 졸업 후 진로 가운데 하나로 미국 대학원 석박사과정

유학의 길을 학생들에게 제시한다. 제시하는 것으로 그치는 것은 물론 아니다. 그 목표를 달성할 수 있도록 학생들은 필요한 만큼 끊임없이 지도받는다.

그런데 처음부터 미국 대학원 유학을 학생들 진로 목표 중 하나로 고려한 것은 아니었다. 지금도 마찬가지지만 학과 초창기에는 국내 대기업 취업이나 국내 명문대학원 진학이 주된 진로 목표였다.

그러나 우수한 성적으로 졸업한 학생들이 몇 년씩 공들여 준비했지만 서울대, KAIST 등 명문대학원 진학에 하나같이 실패하고 말았다.

국내 대기업 취업도 무참히 좌절되는 것을 보면서, 지방대 출신의 졸업생이 사회의 학벌 차별 풍토를 부수고 나가기가 너무도 어렵다는 것을 뼈저리게 느끼게 되었다.

학벌 차별시대, 틈새를 찾아라

지방대의 설움을 아는가! 지방대는 단순히 지방에 있는 대학만을 의미하지는 않는다. 거기에는 보이지 않는 차별과 기회의 박탈과 인맥의 단절이 숨어 있다. 지방대를 나와서는 변변한 곳에 취직자리 알아보기도 쉽지 않은 게 그들의 현실이다.

우리 학과도 마찬가지였다. 학생들의 실력을 높이려는 교수와 학생들의 각고의 노력에도 불구하고 취업이나 진학에서 그 성과를 찾기가 어려웠다. 커다란 좌절감이 해일처럼 밀려왔다. 그 높은 파고를 보고 있자니 금방이라도 숨이 막힐 것처럼 답답해졌다.

해일에 잠겨 물 밑바닥으로 곤두박질치지 않으려면 방법을 찾아라! 이 피 터지는 취업전선을 뚫고 나갈 작전을 세워라! 기왕이면 블루오션을 발견하라!

그래서 생각해낸 것이 '미국 대학원으로 유학생 만들어 보내기'였다. 지방대를 나왔다 하더라도 누구나 알아주는 미국 유명대학의 대학원에서 석박사학위를 받게 된다면? 그럴 수만 있다면 그는 무시할 수 없는 실력을 갖춘 것으로 인정받을 것이다. 지방대생이 대기업 취업에 차별받는 것과 마찬가지로 그는 반대로 충분히 우대받을 것이다. 그것 역시 엄연한 사실이었다.

미국 유명대학의 석박사학위를 취득함으로써 국내에서의 학벌에 대한 차별을 극복하는 것. 그래 바로 그거야!

어느 개그 프로그램에 매일 힘센 친구에게 당하는 동생을 위해 형이 더 이상 당하지 않는 기막힌 방법을 알려주는 내용이 있다. 그 방법을 동생은 처음엔 잘 이해 못한다. 왜냐하면 그건 뭔가 현실적이지 않아 보이고, 정말 가능한지 미심쩍기 때문이다. 그래서 동생이 다시 한 번 확인해본다. 그때 형이 하는 말이 이거다.

그래 바로 그거야!

다시 동생이 확인한다.

그거야?

그래 바로 그거야!

이젠 블루오션으로 다이빙하라!

시대가 바뀌면 경제의 변화에 따라 분야의 선호도도 바뀌지만 IT분야인 전자공학 쪽은 갈수록 견고해지는 유망 분야다.

전자공학 분야는 수십 년 동안 그래왔을 뿐 아니라 미래도 매우 전망이 밝은 분야이다. 반도체, 컴퓨터, 로봇, 광통신, 신호처리, 이동통신, 핸드폰, LCD, DMB, 자동제어, 위성통신, 홈오토메이션 등등 많은 분야가 직간접적으로 전자공학과 관련이 있다.

또한 정부는 2003년 한국경제의 성장엔진을 담당할 10대 차세대 성장동력 산업을 1)디지털 TV·방송 산업 2)디스플레이 산업 3)지능형 로봇 산업 4)미래형 자동차 산업 5)차세대 반도체 산업 6)차세대 이동통신 산업 7)지능형 홈 네트워크 산업 8)디지털콘텐츠·SW솔루션 산업 9)차세대 전지 산업 10)바이오 신약·장기 산업으로 확정하여 발표하였다. 이들 대부분의 분야도 전자공학과 관련된 분야들이다.

그래서 미국에서 전자공학 분야로 석박사학위를 취득하고 나면 미국 안에서건 국내에서건 상관없이 취업 전망이 매우 밝다. 분야가 넓어서 공부할 것이 많고, 하기 힘든 학문이긴 하지만 전문성이 큰 만큼 문턱도 제법 높은 편이다. 그래서 전자공학 분야는 석박사 학위자에 대한 기업의 수요가 학부 출신에 대한 수요만큼이나 많다. 들어가는 문이 상대적으로 넓고 여유 있는 것이다. 더욱이 미국에서 석박사학위를 취득한 사람에 대해서는 기업들이 서로 스카우트를 해가려고 경쟁하는 실정이다.

지방대에서는 학부를 수석으로 졸업하여도 삼성과 같은 대기업에 합격하기가 하늘의 별따기만큼이나 어렵다. 그러나 우리 학과를 졸업하고 미국 대학원에 유학한 학생들의 경우에는 놀라운 일들이 벌어진다. 삼성, LG 등 대기업에서 미국 현지에 직접 파견한 리쿠르트 팀을 만나 간단한 면접만으로 취업이 되고 있다.

미국 대학에서의 석박사학위 취득은 취업뿐 아니라 취업 후 직장생활에서도 연봉, 진급 면에서 유리하게 작용할 수 있다. 실제로 대기업에 다니다 이런 현실을 알고 나서 석박사 학위를 취득하러 유학을 가는 늦깎이 유학생들이 많이 있다.

최근 세계 경제의 글로벌화와 더불어 많은 대기업들이 다국적 기업으로 변화하고, 점점 더 많은 기업 프로젝트가 국제적인 구성을 갖게 됨에 따라 기업들은 국가적 문화적 경계를 쉽게 넘을 수 있는 엔지니어, 즉 글로벌 엔지니어를 요구하고 있으며, 이러한 글로벌 인재 양성을 위한 국제적 경쟁 또한 매우 치열해지고 있다. 그래서 대기업들이 미국 유명대학에서 석박사학위를 취득한 이공계 인재를 치열하게 스카우트하러 해외로 나가는 것이다.

이제 시대는 글로벌 엔지니어의 시대이고, 대학은 글로벌 엔지니어를 많이 배출함으로써 경쟁력을 갖는다. 학생들도 시야를 좁은 우리나라에 한정시키지 말고 세계로 눈을 돌려 국제적인 인재로 성장하겠다는 꿈을 지녀야만 하는 시대이다. 우리 학과에서 가능한 한 많은 우수한 학생들을 미국 대학원에 유학하도록 지도하여 글로벌 엔지니어로서 키우고자 하는 목표를 갖는 또 하나의 이유가 바로 여기에 있다.

미국 명문대학원 진학의 비결과 전략

청년들이 성공하려면 근면함, 배움에 대한 열정, 호기심 외에도
외부의 지원이 있어야 한다. 그들에게 지식을 추구하는 자유를 줘서
그들이 탐색하고자 하는 것을 자유롭게 탐구하도록 해야 한다.

엘프리드 G. 길먼

다른 지방대학교에서 벤치마킹을 위해 찾아오곤 한다. 그들이 작정
하고 묻는 첫 질문은 대체로 이것이다.

"도대체 비결이 뭡니까?"

대학에 입학한 많은 학생들은 스스로 세 가지가 없다고 생각하는 것
같다.

'나는 실력이 없다.'

'나는 자신감도 없다.'

'나는 목표의식도 없다.'

도대체 비결이 뭐냐고 묻는 이유는, 바로 이런 소극적인 학생들의
놀라운 변화 때문일 것이다. 어떻게 이런 학생들을 불과 3~4년 만에

세계 유수의 명문대학원 석박사과정에 골인시킬 수 있었느냐. 도대체 어떤 특별한 방법을 가지고 있기에 이런 결과를 성취할 수 있었는가.

하지만 우리가 어떤 특별하다거나 비장한 방법을 감추어두고 있는 것은 아니다. 오히려 좀 특별하다고 생각하는 방법을 가지고 있는 곳은 다른 곳에서 발견된다.

법과 계열의 일부 학과에서는 가능성이 큰 학생들을 선발해 고시 준비를 시키는, 소위 고시반을 운영한다고 들었다. 하지만 우리는 가능성이 큰 학생들을 선발해 유학 준비를 시키는 유학반 같은 것을 운영하지 않는다. 모두에게 공평한 기회를 준다는 국립대학교의 취지에도 벗어나므로 그건 가능하지도 않은 일이다.

비결은 평범한 가운데, 바로 거기에 있다는 것을 우리는 깨달았다. 우리는 모든 대학에서 당연히 이루어져야 하는 일상적인 교육 행위를 좀 더 내실 있게 다지는 데 많이 집중했다. 그 과정에서 학생들은 자연스럽게 자신의 진로로 대학원을 목표로 삼게 되고, 우리는 미국 유명 대학원으로 방향을 잡을 수 있도록 나침반을 하나씩 나누어준다.

우리가 하고 있는 일은 어쩌면 대학에서는 당연히 해야 할 일을 하고 있는 것이라고 생각한다. 학생들을 면담하고 잘 가르치고 영어 동아리를 운영하고 하는, 누구나 다 알고 있고 모든 대학에서 많이들 하고 있는 일들이다. 혹시 다른 점이 있다면 구성원인 교수와 학생들의 공감대가 형성되어 더욱 내실 있는 운영이 가능해졌던 때문이 아닐까 생각한다.

요약한다면 졸업생들의 미국 유학을 가능하게 한 핵심 역량은 3가지로 나눌 수 있다.

1) 심층 개별 면담	• 심층적이고 지속적인 개별 면담(구체적인 관련 자료 활용) • 비전 제시로 목표 설정, 동기부여 및 자신감 고취 • 수업시간에도 수시로 비전을 제시
2) 내실 있는 학부 전공 교육	• 교과 과정의 지속적인 개선 시스템 구축(교과과정위원회 운영) • 전공 강의, 실험실습의 체계화 및 내실화(영어 원서 사용) • 철저한 학점 관리 • 면학 분위기 조성 / 학부생 스터디 룸 운영(개인 좌석 배치) (주당 평균 25시간 이상 자발적인 학습 유도)
3) 영어 실력 배양	• 영어 방학 프로그램(TOEFL) 운영 (방학마다 6주씩 학과 내 영어 강좌 개설/초 중 고급반) • GRE 준비 프로그램 운영(그룹 스터디)

1) 바다 위를 보는 잠망경은 두 개의 거울이 필요하다
 – 일대일 면담을 통한 자신감 및 목표의식 고취

　입시위주 교육의 가장 큰 병폐 중 하나는 1등을 제외한 나머지 대부분의 학생들에게 패배감을 갖게 만드는 것이 아닐까.

　지방대에 입학한 학생은 자신이 수도권 대학에 진학하지 못한 패배자라고 느끼는 경우가 적지 않다. 마찬가지로 수도권 근처 대학에 진학한 학생은 서울에 있는 대학에 가지 못한 열패감에 시달린다. 서울에 있는 대학에 진학한 학생은 명문대에 못 간 것에 절망하고, 명문대에 진학한 학생은 더 인기 있는 학과에 못 간 것에 실망하기도 한다.

　자신의 자리에 자부심이 없으니 늘 옆자리를 기웃거리게 되고, 대학의 전공 교육은 설자리를 잃어버리게 된다.

　처음 우리학과에 들어오는 학생들은 대부분 마음에 큰 상처를 지니고 있다. 무엇보다 부모와의 갈등으로부터 입은 상처가 매우 크다. 부모는 자녀가 지방대에 입학했다는 사실을 인정하기 싫어하고 창피해한다. 학생은 이런 부모로부터의 냉대와 무시를 받으며 큰 상처를 입는다. 학생들은 입시에서의 패배감 때문에 자신감을 상실하고 아무런 목표의식이 없는 채로 학과에 들어온다.

이런 상황에서 면학분위기가 제대로 만들어질 리가 없다. 2학년 초에 처음으로 들어온 학생들의 교실에 들어서면 패잔의 냄새가 지독하다. 앞자리는 모두 빈 상태에서 군데군데 학생들이 서로 떨어져 앉아 있고, 특히 뒷자리 학생들은 엉덩이를 의자 끝에 겨우 걸치고 널브러져 있다.

질문을 해도 답을 듣기가 쉽지 않다. 심지어는 객관식으로 질문을 해도 답이 없는 경우가 있다. 예를 들면 '미분방정식 들어가기 전에 미적분 복습을 했으면 좋겠다는 사람 손들어 봐라' 라고 말하면 한두 명 겨우 손을 든다. 그래서 대부분 복습을 원하지 않나보다 생각하면서 한 번 더 확인하기 위해 반대로 '미적분 복습하지 않고 그냥 미분방정식 바로 들어가기를 원하는 사람 손들어 봐라' 라고 물어봐도 아무도 손을 들지 않는다.

학생들의 좌절을 그대로 두고는 제대로 된 교육을 이룰 수 없다. 가장 중요한 것은 학생들에게 필요한 '동기부여' 를 해주는 것이다.

학과 교수들이 전공수업 시간을 이용해 학생들의 마음을 여는 시도를 하게 된 이유가 여기 있다. 수업시간에 대학에서의 4년은 사회에 첫발을 내딛기 전의 마지막 준비기간으로 인생에서 매우 중요한 시기라는 것을 강조한다. 그래서 꿈과 구체적인 목표를 가지고 그것을 달성하기 위해서 오뚝이처럼 끊임없이 일어서는 끈기로 노력해야 하며 지금이라도 시작하면 늦지 않다는 말을 해준다.

이런 얘기들과 함께 유학에 성공한 학과 선배들의 경험담을 들려준다. 때론 실력 없는 상태에서는 대학 졸업장을 받아도 아무도 알아주지 않고 취직도 하기 어려우니, 전공에 관심 없는 사람은 수업시간에 무심히 앉아서 헛된 시간 보내지 말고 당장 자퇴해서 다른 길을 찾으라고 강하게 권하기도 한다. 수업시간에 무관심해 보이던 학생들도 이런 이야기들을 해주면 거의 대부분 집중하며 진지하게 받아들이는 것을 느낄 수 있다.

하지만 목표를 구체적으로 세우고 도전하지 않는 이상 아무것도 실현할 수 없다. 학생들이 이 단순한 진리를 깨닫게 되는 데는 때로는 많은 시간을 필요로 한다. 집요하지만 불편하지 않게, 자신감의 불씨를 만들어내기 위해 부싯돌처럼 서로 타닥타닥 부딪치다 보면 어느 순간 활활 타오르고 있는 서로를 발견하게 된다. 그들은 실은 바짝 마른 나뭇가지와 같다. 언제라도 스스로를 태울 준비가 되어 있으며, 작은 불씨만 있다면 그렇게 된다는 것을 우리는 늘 확인해 왔다.

수업시간에 다수를 대상으로 하는 이야기는 그 파급 효과에 한계가 있다. 많은 학생들이 들을 때는 좋은 이야기라고 생각했다가도 금방 잊어버리기 때문이다. 따라서 학생과의 일대일 면담을 통해 좀 더 깊은 이야기를 하는 것이 필요하다.

개별 면담은 보통 교수가 직접 불러서 하게 되는 경우가 많고, 경우에 따라서는 학생들이 스스로 찾아와서 하게 되는 경우도 있다. 대개의 경우는 교수가 수업이 없는 시간이나 저녁시간에 불러서 한 시간

이상 길면 두세 시간까지도 진행한다. 여러 명과 같이 얘기하는 경우는 집중력이 떨어지고 개인적인 얘기를 하기가 어려운 점이 있기 때문에 대부분 개인 면담을 하게 된다.

면담은 학생 자신의 생각과 애로사항 등을 듣는 데서부터 시작한다. 처음에는 자신의 생각을 표현하고 마음을 열기를 주저하는 경우도 많지만 지속적으로 대화하는 가운데 그들의 감추었던 마음을 조금씩 보여주게 된다.

평소에는 무관심하고 좌절하여 지내는 것처럼 보이던 학생들도 얘기를 하다 보면 자기 자신을 소중하게 생각하고 강한 자존심을 가지고 있다는 것을 발견하게 되며 가슴 깊숙이 자신만의 꿈들을 조금씩 겉으로 드러내곤 한다. 다만 우리 학생들은 그 동안 너무도 많이 실패해 왔기 때문에 더 이상 그 욕망을 구체적인 목표로 드러내기를 꺼리는 것이다. 그렇게 눈높이를 맞추어 가며 대화하면서 평소에 준비해 두었던 구체적인 정보와 자료를 보여주면서 당위성을 이해시키고 할 수 있는 실질적인 방향과 해야 할 일에 대해 얘기한다.

무조건 잘해라, 열심히 해라, 유학 가라는 말은 지금까지 '공부 열심히 해'라는 말을 수없이 들어왔던 학생들에게는 정말 식상한 말들이다. 학생들은 내가 왜 이 일을 해야 하는지 분명히 이해하고 마음이 움직이기 전에는 절대로 하지 않는다.

한 번 면담을 시작하면 보통 한 시간이 넘어가고 두세 시간을 하게 되는 경우도 다반사다. 대개는 면담을 하고 나면 많은 학생들이 잘 받아들이고 상당히 공감을 하고 나간다. 물론 한 번 면담을 잘했다고 해서 만사형통이 되는 것은 아니다.

면담으로 동기부여가 되어 열심히 하다가도 얼마 지나면 슬금슬금 목표를 잃어버리고 흔들리는 과정도 대부분 한 번씩은 거친다. 평소에 학생들의 표정이나 태도를 관찰하면 느슨해지는 변화를 알아내는 게 그다지 어렵지 않다. 그런 눈치가 보일 때마다 다시 불러 다그치기도 하고 용기를 주기도 하며 지속적으로 전반적인 대학생활을 도와준다. 잘하고 있는 학생들도 준비과정이 문제가 없도록, 계획을 세워 차질 없이 진행되도록 주기적으로 점검해준다.

어린아이는 눈빛만 보고도 본능적으로 자기를 사랑하는 엄마의 마음을 안다. 하물며 대학생이 교수가 자기를 존중해주는지 무시하는지 모를 것 같은가.

모든 것의 시작은 학생을 먼저 이해하고 그 가능성을 진심으로 믿고

탄탄한 전공 실력은 졸업 후 사회에 나가서나 유학을 가서나 자신의 경쟁력을 높이는 든든한 밑천이 된다. 우리 과 교수들은 전공실습 교육을 강화하여 학생들이 단단한 기본기를 갖도록 열정을 쏟았다.

이해해주는 데서 출발해야 한다. 수능성적이 그 학생의 능력을 평가하는 유일한 잣대가 되어서는 안 된다. 그런 선입관으로 그 학생이 대학에서 가질 수 있는 두 번째 기회(Second Chance)를 가지지 못하도록 해서도 안 된다. 오히려 우리는 학생들이 두 번째 기회를 가질 수 있도록 도와주어야 한다.

하나의 거울로 된 잠망경은 절대로 바다 위를 볼 수 없다. 우리는 학생들에게 바다 위를 반사시켜주는 또 하나의 거울이다. 학생들이 절실하게 원하는 거울이 되기 위해 그 적당한 각도처럼 늘 비스듬히 고개를 숙이고 서로의 눈높이를 찾아간다. 일대일 면담은 따지고 보면 그런 멋진 잠망경을 만드는 일에 다름 아니다.

그리고 학생들이 바다 위로 부상할 때 새로운 세계가 열린다는 것을 알게 되는 것이다.

2) 영어의 잽에 얻어터졌다면 이젠 맷집으로 덤벼라
-영어 능력 향상 프로그램

학생의 진로 목표가 유학이냐 취업이냐에 상관없이 학부 교육과정 동안 높은 영어 실력을 쌓는 것은 탄탄한 전공 실력을 쌓는 것 못지않게 매우 중요한 일이다. 지금 같은 글로벌 시대에는 좋은 직장에 취업하기 위해서도 영어 실력이 필요하고, 취업 후 직장에서 성공하기 위해서도 영어는 필요하다.

특히 미국 유학을 진로 목표로 삼는 경우, 대부분의 미국 대학원이 입학허가를 받을 수 있는 기본 자격으로 상당히 높은 TOEFL 시험 점수(PBT 점수로는 550점 정도, CBT 점수로는 213점 정도, IBT 점수로는 80점 정도)를 요구한다. 뿐만 아니라 대학원 입학시험에 해당되는 GRE 시험에서도 고득점을 받을 것을 요구하기 때문에 영어 능력 향상은 필수적이다.

우리 학과에 들어오는 학생들의 영어 실력은 거의 바닥을 헤매고 있다고 봐야 할 것이다. 대부분의 학생들이 영어를 거의 포기한 상태에 처해 있었기 때문에 학과에서는 학생들의 영어 능력 향상을 위하여 무언가 특별한 조치를 취해야 할 필요가 있었다. 그래서 방학 동안 영어 능력을 향상시킬 수 있도록 '방학 영어 프로그램'을 운영하게 되었다.

방학 영어 프로그램은 매 방학마다 6주 기간을 정해 참가 희망자를 모집하여 그 기간 동안 집중적으로 영어 능력 향상을 위해 학습하는 프로그램이다. 학생들이 방학 동안 시간 낭비하지 말고, 학기 중에 전공 공부를 열심히 하듯 방학 중엔 영어 공부를 열심히 해보란 뜻에서 시작한 프로그램이다.

처음에는 8주간을 운영했었는데, 학기 중에 전공 공부하느라 지친 학생들이 방학마저도 계속 공부를 하다 보니 매우 힘들어 하는 것이었다. 그래서 방학 영어 프로그램 전후로 2주간의 휴식기간을 주면서 6주로 줄였다. 또한 모의시험을 미리 치러서 실력에 맞추어 초급 중급 고급반으로 나누어 반을 배정하여 강좌를 운영하게 되었다. 강의를 하는 영어 강사들과는 수시로 학생들에 대한 정보를 교환하고, 중간에 힘들어 하거나 애로사항이 있는지 교수들이 지도하여 가능한 한 탈락하는 학생이 없도록 신경을 쓴다.

그런데 나중에 알게 된 사실인데 단기간 집중적으로 영어에 빠져 공부하는 것이 하루에 조금씩 오랜 기간 동안 공부하는 것보다 훨씬 효과가 높다는 연구 결과가 있다는 것을 알게 되었다.

방학 영어 프로그램 참가자들은 6주 동안 월요일부터 금요일까지 매일 아침 9시부터 저녁 9시까지 학과 스터디 룸에서 집중적으로 영어 공부를 한다. 오전에는 학과에서 자체적으로 개설한 TOEFL 강좌를 수강하고, 남은 시간에는 스터디 룸에 배정받은 자기 자리에서 자율적으로 영어 공부를 한다.

학습은 자율적으로 수행하지만, 만약 특별한 이유 없이 세 번 이상 아침 9시부터 저녁 9시까지의 공부시간을 지키지 못한 경우 프로그램에서 강제 탈퇴시키는 것을 규칙으로 하고 있다.

이 6주 동안의 방학 영어 프로그램에 한 번 참가할 때마다 PBT 점수로 평균 30~40점 이상의 TOEFL 점수를 높이는 괄목할 만한 결과가 나왔다. 대학 2학년부터 4학년까지 여섯 번의 방학이 있으므로 학생들은 이 기간을 이용하여 영어 능력을 충분히 향상시킬 수 있다.

학생들이 자율적으로 프로그램에 참여하도록 유도하기 위해 학기 중에 강의 시간 또는 면담 시간을 이용하여 학생들에게 끊임없이 영어의 중요성을 인식시킨다. 또한 모든 강의 교재는 원서를 사용함으로써 학생들로 하여금 전공 영어에 익숙하게 하는 동시에 영어 공부의 필요성을 느끼게 한다.

특이할 만한 점은 많은 학생들이 자신의 영어 실력이 거의 바닥상태인 경우에도 마음속 깊은 곳에는 늘 영어를 잘해보고 싶은 욕망을 지니고 있다는 점이다. 다만 그 동안 영어 학습을 제대로 해보지 못했거

방학 영어 프로그램에 참석한 학생들은 매일 아침 9시부터 저녁 9시까지 집중적으로 영어 공부를 한다.

나 공부를 했어도 실력이 없었기 때문에 겉으로는 영어에 무관심한 것처럼 행동하곤 한다. 이런 학생에게 면담 또는 강의 시간을 통하여 목표의식과 자신감을 심어 주는 것이 매우 중요하다.

실제로 이제까지 유학에 성공한 많은 학생들이 TOEIC 점수가 200점(TOEFL 200점이 아니라) 수준의 바닥 실력에서 출발하였다. 이들이 미국 대학원 입학에 필요한 영어 능력 수준을 갖출 수 있게 된 것은 뚜렷한 목표의식과 자신감이 있었기에 가능한 일이었다.

영어와 담쌓았던 유학 선배들의
TOEFL 정복 노하우

학원이나 인터넷강좌, TOEFL 관련 홈페이지를 활용하라! :
시험 정보, 전략 파악하기

인터넷의 TOEFL 관련 홈페이지를 통해 정보를 수집하는 것은 기본이다. 먼저 상대를 알아야 이길 수 있듯이 무작정 덤벼들지 말고 전략적으로 접근하는 지혜가 필요하다. 시험 진행 방식이나 점수 채점 방법, 각 영역별 비중 등을 알아보고 공부하는 노하우와 경험담 등을 먼저 조사한다. 전반적인 정보를 수집하면 자신에게 맞는 계획을 세울 수 있게 된다.

각 영역별(Listening, Speaking, Writing, Reading)로 시간표 만들기
모든 공부가 그렇듯이 적절한 시간 안배는 공부 효과를 배가시킨다. 부족한 영역을 판단한 다음 그 영역에 더 큰 시간을 할당하여 보충하라.

리스닝과 스피킹은 받아쓰기를 하며 반복 청취하고, 발음 연습을 통해 발음을 교정하라. 리스닝 공부는 처음에 녹음 상태가 깨끗한 정품 테이프를 이용해서 문제에 익숙해지도록 해야 한다. 깨끗한 테이프에 어느 정도 익숙해지면 복사본을 이용해서 나쁜 환경에서도 익숙해질 수 있는 실력을 키워라.

TOEFL에서 가장 힘든 영역이 리스닝과 스피킹이다. 무엇보다 이 영역에 많은 시간을 투자할 계획을 세워라. 많이 듣고 많이 말하면 그만큼 자신의 실력으로 축적된다.

TOEFL과 GRE는 입학을 위한 수단이자 암기가 많이 필요한 과목이다. 그만큼 시간투자를 많이 하는 사람에게는 좋은 결과가 나온다는 것을 많은 유학 선배들이 입증했다.

목표 점수대 설정하기

먼저 진학하려는 대학원의 TOEFL 점수 커트라인을 알아보라. 대학원에서 요구하는 점수를 참고로 하여 자신이 원하는 점수대를 결정하면 단계별로 준비하기에 더 효과적이다. 자신이 원하는 점수대에 이미 이르렀고 시간이 없는 상태라면 TOEFL 점수는 더 이상 높일 필요가 없다.

TOEFL은 외국 학생이 영어로 공부할 수 있는지를 판단하는 기준으로, 최소 점수로 자격을 제한하는 것이다. 따라서 대학원이 요구하는 점수대 이상이 되면 합격 결정에서 크게 중요한 비중을 차지하지 않는다.

오히려 GRE와 전공과 관련된 경력(연구 경험, 회사 경험 등) 등을 중요시 하는 대학원이 더 많다는 것을 명심해야 한다. 심지어 TOEFL 점수가 커트라인에 못 미치더라도 영어 과목을 수강한다든가 하는 조건부로 합격하는 경우도 있다.

대부분의 미국 대학원에서 TOEFL이 213점(CBT) 이상이면 입학허가를 받는 조건을 만족시킨다고 볼 수 있다.

시험 후기나 기출문제를 참고하라

TOEFL 관련 게시판에는 다양하고 많은 후기 문제들이 있다. 출제 가능성이 높은 자료를 찾아 참고하여 공부한다.

TOEFL의 리스닝과 리딩은 다양한 주제에 대해 다루고 있다(GRE도 마찬가지다). 후기가 중요한 것은 영어독해를 아무리 잘하는 사람도 자신이 읽고 있는 내용에 대한 배경지식이 없다면 이해하기 힘든 탓이다.

기출문제에 대한 후기를 통해 자신의 전공 이외의 배경지식을 넓힐 수 있다. 무엇보다 후기를 외우려고 들지 말고 평소에 조금씩 읽으면서 자기 것으로 소화해라.

우선 기본 문법을 익히되 반복하여 공부하기

TOEFL에서 문법시험은 따로 없지만 모든 영역의 기초가 된다는 걸 잊지 말아야 한다. 실제로 사용되는 문법이 잘 설명되어 있는 책을 선정하여 공부하라. 문법은 리딩과 라이팅의 기본이다. 문법을 제대로 공부한다면 이런 영역에서 좋은 성적을 얻을 수 있을 것이다.

영어 공부의 기본은 뭐니 뭐니 해도 반복이다. 날마다 혹은 주 단위로 반복하며 쉬지 않고 진도를 나가야 한다. 억지로 외우려고 들지 마라. 오히려 효과는 없고, 마음만 조급해지기 쉽다. 단번에 내 것이 되는 일은 아무것도 없다는 건 살면서 늘 깨닫게 되는 진리다. 반복을 통해 학습하면 애써 외우려고 노력하지 않아도 저절로 외울 수 있다! 영어 공부의 진리는 반복이다.

첫술에 배부를 수 없다 : 최소한 2~3회 도전할 각오하라!

단 한 번의 시험으로 원하는 점수가 나오긴 힘들다. 시험 본 결과를 면밀하게 들여다보면 자신에게 부족한 영역을 파악할 수 있다. 달별로 기준을 잡아 다시 단계별로 공부하고, 다음 시험 일정을 미리 잡아 놓는다.

지금 해보고 있는 공부 스타일에다가 또 다른 공부 방법을 접목하는 것도 시도해볼 만하다. 방법이 조금씩 달라져도 자료를 찾아 꾸준히 공부하는 것은 기본이다. 공부를 하겠다고 마음을 결정했다면 공부를 위해 시험이나 준비하는 과정에 드는 필요 비용은 아끼지 말아야 한다.

주교재를 중심으로, 기타 자료는 참고로!

TOEFL 관련 홈페이지를 활용하면서 자신에게 가장 잘 맞는다고 판단되는 TOEFL 주교재를 선정한다.

일단 골랐다면 그 선택한 교재 위주로 확실하게 반복 훈련을 통해 공부한다. 한 교재를 완전히 끝내는 것이 무엇보다 중요하다. 다른 자료들은 가능한 보지 말고 참고 자료로만 활용한다. 현재의 교재가 끝나면 다시 반복하면서 수준이 좀 더 높은 교재를 정해 같은 방법으로 공부한다.

문제를 많이 풀어라

다양한 종류의 문제를 많이 풀어봄으로써 그 문제를 푸는 요령이나 방식을 체득하게 된다. 많이 풀면 응용력이 키워지므로 어떤 문제가 나와도 자신감을 가질 수 있게 된다.

자신의 실력과 능력을 정확하게 파악하라 : 정기적인 자기 점검

영어 공부를 시작하기 전에도 그렇지만 본격적으로 공부를 해 가는 와중에도 현재의 실력과 능력을 정확히 파악하는 것이 중요하다.

몇 년 동안 열심히 영어 공부를 해 왔는데 노력에 비해 실력이 별로 늘지 않는 경우가 많이 있다. 자신이 부족한 부분과 잘하는 부분을 정확하게 파악하지 못하는 데서 그 원인이 많이 발견된다. 무작정 영어 공부를 해서는 목표에 도달할 수 없다는 걸 명심하라.

부족한 영역을 보완하기 위해서는 그 영역에 대한 공부 방법을 점검할 필요도 있다. 여러 가지 공부 방법을 시도해 보되 자신에게 맞는 방법을 빨리 찾아내는 것이 중요하다. 방법만 찾다 정작 공부는 못하는 불상사가 일어난다면 이것도 아니한 만 못해질 수 있다. 일단 이 방법이다 싶으면 그때부터 집중적으로 시간을 투자하는 우직함도 있어야 한다.

각 영역별로 다시 세분화 작업 단계

크게 나눈 영역도 그 안에서 또 여러 부분으로 구별할 수 있다. 예를 들어 리스닝 영역의 경우에 두 사람이 빠르게 대화하는 문제와 긴 지문을 천천히 말하는 문제가 있다. 자신이 어느 부분에서 실점을 많이 하는지 구별해야 한다.

리딩의 경우도 주어진 긴 지문의 내용을 이해하고 푸는 문제 또는 뜻이 유사한 단어나 반대 되는 단어를 찾는 문제, 본문에서 일부 내용을 찾아서 푸는 문제 등으로 세분화할 수 있다.

어느 부분이 자신의 취약점인지를 파악하고 거기에 맞추어 부족한 부분을 완전 숙달한다는 기분으로 공부해야 한다.

시험 날짜를 절묘하게 정하라

아무리 영어 공부를 많이 해서 준비를 잘했다고 해도 시간이 흐르면 자연스럽게 잊어버리게 된다. 이럴 때 시험을 보면 좋은 결과를 얻기가 쉽지 않을 것이다.

한창 공부를 하고 난 직후에 아직 기억이 많이 남아 있을 때 시험을 보는 것이 좋다. 보통 방학이 끝날 때쯤으로 시험날짜를 정하는 것이 가장 효과적일 것이다. 예를 들면 2월 말이나 8월 말 정도가 좋은 시기라고 본다. 그 기간은 많은 대학생들이 선호하는 기간이기도 하므로 가능한 한 미리 시험 등록을 해야 한다.

영어 공부의 기본은 단어!

부지런할수록 영어를 잘할 수 있다.

당연한 말 같지만 말처럼 꾸준히 하는 게 쉽지만은 않다. 단어 암기의 경우도 마찬가지다. 하루에 정해진 양을 습관처럼 반복해서 외우는 것이 중요하다. 문법이나 독해력에 자신이 있더라도 단어의 뜻을 모르면 내용을 알 수 있는 방법이 없다. 단어 밑천이 든든해야 영어 밑천이 든든해진다.

일단 한 권의 단어 책을 선택하면 그 책만 완전히 공략하라! 그것을 바탕으로 공부하다가 나오는 단어들이나 다른 단어집을 공부하면 중복이 되더라도 훨씬 빨리 외우게 된다.

실력을 쌓은 후에 후기는 약이더라

유학관련 사이트에 들어가면 TOEFL, GRE 관련 자료 및 유용한 정보들이 많이 있다.

유용한 정보로는 물론 공부 비법이나 학교 정보들도 있겠지만 후기를 빼놓을 수 없을 것이다. TOEFL이 IBT로 바뀌면서 이와 관련된 기출 문제들이 별로 없기에 후기는 점수에 목마른 수험생에게 매우 도움이 된다. 물론 공부도 안 하고 후기를 보는 것은 요령만 늘게 되어 어떤 면에서는 오히려 독이 될 수 있다는 것에 유념해야 한다.

얇은 영어 소설책이나 영어 사설을 읽고 정리하는 습관을 갖자

IBT로 바뀐 TOEFL은 지문이 CBT일 때보다도 더 길어졌다. 그만큼 글을 빨리 읽고 핵심 파악하는 능력을 요한다. 이러한 시험유형에 대처하려면 영어 신문이나 영어 소설을 자주 읽어주는 게 좋다. 문맥을 이해하는 속도가 달라져서 훨씬 효과적이다.

TOEFL 준비에만 매달리지 마라

유학 준비를 하다 보면 준비할 것이 한두 가지가 아니다. TOEFL은 유학 준비의 일부분일 뿐이다. 빨리 TOEFL을 끝내고, GRE 시험도 준비하고, 유학 가려는 대학에 대한 정보도 찾아보고, 원서도 써야 한다. TOEFL은 빨리 원하는 점수를 얻고 끝낸다는 생각으로 준비해야 한다.

방학을 이용하여 집중적으로 공부하고 학기 중에는 최소한의 영어 공부만 한다는 마인드를 가져야 한다. 학기 중에는 전공 공부에 전념할 수 있어야 하기 때문이다.

3) 고수는 기본기를 닦는 데 시간을 아끼지 않는다
–엄격한 학사 관리를 통한 내실 있는 전공 교육

세계의 두뇌들과 경쟁하려면

학생의 진로 목표가 유학이냐, 취업이냐를 떠나 내실 있는 학부 교육을 통해 탄탄한 전공 실력을 쌓는 것은 매우 중요한 일이다. 학부 때의 전공을 이어가게 되는 대학원의 경우는 두말할 나위도 없다.

미국 명문대학원 석박사과정에 진학했다고 해서 그것으로 무언가 완성되는 것은 아니다. 전 세계에서 모인 대학원생들은 나름대로 목표와 성취욕이 뚜렷하고 강하다. 그들과 치열하게 경쟁하며 학업을 충실히 수행한다는 것은 또 다른 도전이다.

새로운 도전에서 처진다거나 탈락한다면 대학원 진학을 위해 그 동안 고생한 일이 허사가 될지도 모른다. 반대로 누구보다 앞서 나가며 자기 자리를 확보하고 더 나아가 모두로부터 실력을 인정받으며 성장할 수도 있다. 그러기 위해서는 학부 과정 동안 국제 수준의 탄탄한 전공 실력을 쌓지 않으면 안 된다.

사실 국내 대부분의 공과대학 교육과정은 이미 국제공학교육인증 기준인 ABET 기준에 맞추어 수립되어 있다. 때문에 학생들이 정해진 과정에 따라 내실 있게 교육을 받기만 한다면 국제 기준에 부합하는 전공 실력을 쌓고 졸업하는 것이 가능하다.

하지만 전공교육과 학사관리가 느슨해지면 학생들은 열심히 공부하지 않고도 시간만 지나면 졸업을 할 수 있다. 실제로 많은 대학생들의 졸업장이 무심하게 흘러가는 시간으로 만들어지고 있지 않은가.

우리 학과에서는 시간은 중요하지 않다고 가르친다. 너무 늦어버린 것은 아닌지 의심할 때, 인생이 얼마나 긴 시간인지 펼쳐보면 결국 그 시간이 무엇으로 채워져 있는지만 남게 된다는 것을 알게 될 것이다. 따라서 좀 더 엄격한 학사관리와 충실한 전공교육을 통해 학생들이 탄탄한 전공 실력을 쌓고 졸업할 수 있도록 우리는 최대한의 노력을 기울이고 있다.

예외 없이 적용하되, 기회는 공평하게

엄격한 학사관리의 목표는 단순하다. 학생들로 하여금 공부를 하지 않으면 안 되겠다는 생각을 갖게 하는 것.

학사관리가 철저하게 이루어진 결과 우리 학과 저학년 학생들의 성적 분포는 여타 대학과는 조금 다르게 나타난다. 중간층이 많은 정규분포곡선을 보이는 대신 A학점이나 F학점의 양극단이 많은 기형적인 모양을 보이고 있다.

2학년 교과목의 경우, 과목별로 학기당 시험이 3~5회 정도 있다. 매주 많은 양의 숙제가 쉬지 않고 부과된다. 따라서 학생들은 숙제와 시험공부를 하느라 밤 12시가 넘을 때까지 공부에 매달리는 날이 허다하다. 2학년 교과목에서는 보통 기초 지식부터 단계적으로 어려운 내용을 학습하게 되는데 이때 열심히 따라오는 학생은 A학점으로, 포기하는 학생은 F학점으로 갈라지게 된다.

학과에 처음 진학해 들어오는 많은 학생들이 기초 실력 부족으로 애를 먹는다. 그보다는 하고자 하는 의욕이 없다는 게 더 큰 문제다. 그래서 2학년 초에는 학사경고를 받는 학생이 절반에 가깝게 나올 정도다.

이와 같은 혹독한 과정을 통해 학생들은 공부를 계속하든지 학교를 그만두든지 혹은 다른 학과로 옮기든지 선택할 수밖에 없다는 인식을 가지게 된다.

일단 공부를 해야겠다는 생각을 갖게 된 학생들은 중요한 기로에 서게 된다. 그러나 의식의 특별한 전환에도 불구하고 공부하겠다는 의욕만 가지고는 흐지부지되기 십상이다. 처음에는 무엇을 어떻게 해야 할지 갈피를 잡을 수 없게 되는데 모처럼 끌어낸 기회가 무산되면 다시는 재도전하지 않는 경향이 있다. 이때 우리 학생들은 교수들을 찾게 된다.

"무엇부터 해야 할지 아무것도 모르겠습니다."

이처럼 터무니없어 보이는 이유로 무작정 교수들을 찾는 것이 자연스러운 면담 시스템이 가능해야 한다. 첫 단추를 꿰는 것처럼 중요하고 꼭 선행되어야 하는 일이다.

면담이 시작되면 기초 교과목부터 차분히 수강하고 다음 단계 교과목을 수강하도록 점차적으로 유도한다. 그러다 보니 한 학년을 더 다니는 학생들도 적지 않다. 따라서 우리 학과에는 초기에 성적이 나빴던 학생들이라도 재수강을 거쳐 학점을 다시 잘 관리하는 방식으로, 졸업할 때는 유학을 가도 문제 없을 정도의 실력을 갖추는 경우가 많이 있다. 심지어는 네 번이나 학사경고 누적으로 제적되었다가 학칙에 따라 재입학한 학생이 마음을 고쳐먹고 유학을 결심하고 준비하는 경우도 있다.

이토록 철저하게 학사관리를 하기 위해서는 모든 교수들이 같은 방식으로 학점을 부과하고 특별한 예외를 적용하지 않기 때문에 가능하다.

어떤 교수는 학점을 후하게 주고 다른 교수는 박하게 주거나 한다면 학생들은 어떤 교수의 과목만 선호하는 경향이 생기게 마련이다. 교수들은 많은 대화를 통해 그와 같은 일이 발생하지 않도록 노력하고 있다.

군 장교 입학을 전제로 장학금을 받아온 학생이 학사경고로 졸업을 못하게 되자 그 학부모가 찾아와 제발 도와달라고 애원하며 매달린 적이 있었다. 만약 졸업을 못하게 되면 그간 받아온 장학금을 모두 반환하고 군대를 가야 하는 딱한 사정이었다. 그러나 그 학부모에게 다른 학생들이 어떻게 학과생활을 하는지 한번 알아보라고 말하고는 끝내 부탁을 들어주지 않았다.

또 학생회장으로 선출된 학생에 대해서도 예외 없이 학사경고를 주었다. 통상 지방대에서 학생회장의 이름값이 막강해서 교수들이 의례히 점수를 주는 관행이 많지만, 우리는 그런 관행을 인정할 수 없었다.

이런 일들이 학생들에게 알려지면서 이후로 어느 누구도 학점에 관한 이견을 말하는 경우가 생기지 않았다.

학생이 중심이다

엄격한 학사관리가 가능한 것은 학과의 모든 교수들이 학생들의 교육을 위해 최선을 다해 노력하고 있기 때문이다.

각 교과목의 교수들은 수업시간을 최대한 확보하기 위해 중간시험 기간을 따로 두지 않고 수시로 저녁 시간에 시험을 본다. 낮에는 정상

적으로 수업을 진행하고, 시험은 보통 저녁 7시부터 9시 사이에 치른
다. 또 면학 분위기 조성을 위해 학과 내에 냉난방 시설과 개인별 책
상, 칸막이를 갖춘 스터디 룸을 다수 설치하여 학생들이 쾌적한 환경
에서 24시간 공부할 수 있는 환경을 만들어주었다.

학과 내에 스터디 룸이 생기고부터, 학생들이 아침 일찍 학교에 오
거나 또는 수업이 없는 시간이나 저녁시간에 갈 곳이 마땅치 않을 때
시간을 낭비하는 경우가 없어졌다. 정해진 자리에서 언제든지 공부를
할 수 있게 되면서 자연스럽게 학습시간이 늘어나게 되었다. 그러다
보니 학생들이 스스로 우리 학과는 '야간대학' 이라고 농담을 할 정도
로 저녁 늦도록 학과는 항상 불이 켜져 있고 학생들로 붐비게 되었다.

또한 학과에 배정된 기자재 구입 예산은 교수의 연구용 기자재 구입
보다는 학생들의 실험 실습 장비 구입을 최우선 순위로 선정한다. 오
랜 기간 그렇게 운영해 온 결과 현재는 학생들이 최고의 기자재로 실
험 실습을 할 수 있는 여건이 완벽하게 갖추어져 있다. 실험실습 재료
비도 학부 실험에 최우선으로 배정하여 실험실습 재료는 항상 부족함
없이 쓸 수 있도록 하였다.

내실 있는 전공 교육이 말로 외친다고 저절로 이루어지는 것은 아
니다.

우리 학과의 전공 교육이 지금과 같은 체제를 갖추게 되기까지는,
'선발보다는 교육이 중요하다' 는 공통된 인식이 교수들 간에 있었기
때문이다. 그러한 인식을 바탕으로 학생들의 교육에 매진한 모든 교수
들의 노력이 컸다고 말할 수 있다.

교과서를 전부 영어 원서로 사용하고 꾸준히 교과과정을 업그레이

대학은 공부를 하는 곳이지 어영부영 시간을 보내는 곳이 아니다. 우리는 학생들에게 면학 분위기를 조성해주기 위해 개인별 책상과 칸막이를 갖춘 스터디 룸을 설치, 24시간 공부할 수 있는 환경을 만들었다. 아래 사진은 스터디 룸 안의 게시판 모습. '뜻이 있는 곳에 길이 있다' 는 문구와, 미국 명문대 학원으로 유학간 선배들이 보내온 사진들이 눈에 띈다.

드 해나가고, 부족하기 쉬운 실험 실습도 많이 신경 쓰고 있다. 특히 요즈음에는 교수들이 기초 학력이 점점 떨어지는 학생들을 어떻게 하면 기초부터 가르쳐서 전공까지 잘 해내도록 할 수 있을까 고민을 많이 하고 있다. 그래서 학과 내에 교과과정위원회를 두어 좀 더 조직적으로 전공 교과과정을 충실하게 만들려고 노력하고 있다.

그렇게 노력하는 보람은 언제나 찾아오기 마련이다.

취업한 졸업생이 전화를 걸어 와 '교수님, 제가 학교에서 배운 전공지식이 서울 일류 대학 졸업생과 비교해도 결코 뒤지지 않습니다' 라고 자랑스럽게 말해줄 때, 2학년 때 처음 학과에 진학했을 때 미분 적분도 못하던 학생이 우수한 성적으로 졸업하고 미국 명문대학원에서 입학허가서를 받았을 때, 정말 잘할 수 있을까 걱정하면서 떠나보냈던 미국 유학생이 석사과정에서 올 A학점을 받고 장학생으로 박사과정에 진학하는 것을 볼 때, 교수들은 그 동안의 노력과 희생이 헛되지 않았음을 확인한다.

세계의 대학생들이 준비하는
GRE! 맞춤 공략법

GRE 관련 홈페이지 자료 활용하기

GRE 관련 홈페이지에 들어가면 다양하고 유용한 자료들을 많이 얻을 수 있다. 그 정보를 통하여 공부 방향도 잡을 수 있고, 원하는 자료를 찾을 수도 있다. 복사물을 활용하고 적은 비용으로 책을 구입할 수도 있다. 많은 기출문제를 통해 문제에 대한 감각도 키우고 실전능력도 키울 수 있다.

현재 출판되어 있는 GRE 문제집들은 기존에 있던 문제집들과 크게 다르지 않다. 제본된 책들을 사서 보면 중요한 예제들과 기출문제들로 이루어져 있어 요점들만 간단히 볼 수 있고 공부하기도 편해서 효과적이다.

각 영역별(Math, Verbal, Writing)로 시간 할당해
시간표 만들어 공부하기

GRE는 Math(수학), Verbal(영어), Writing(작문)의 세 영역이 있는데 공부할 때 영역별로 계획을 세워서 하는 것이 효율적이다. 영역별로 시간표를 만들어 공부한다면 각 영역별 공부한 결과를 분석해보고 시간배정을 다시 조절해 나가면서 부족한 부분에 더 시간을 투자하는 방식으로 문제점을 해결해 나간다.

가능하면 그룹 스터디를 하라

여럿이 함께 공부해보면 다른 사람과 비교하면서 자신의 공부하는 방법이나 진행 정도를 보다 더 객관적으로 확인할 수 있다.

뿐만 아니라 어려운 문제를 함께 의논하고 정보를 교환하고 서로 토의하는 과정에서 서로가 힘이 될 수 있다. 같은 시간에 모여서 실전 문제를 시간을 정해놓고 풀어보라. 같이 공부하면서 자연스럽게 생기는 선의의 경쟁 심리도 서로에게 시너지 효과를 줄 수 있다.

Math는 기본 용어 정리부터 익혀라

GRE 관련 사이트에 보면 Math의 기본 용어를 정리한 파일들이 있다. 이것을 먼저 암기한 후 연습문제를 풀면 보다 더 효과적으로 공부할 수 있다. 여러 가지 문제로 응용되더라도 쉽게 해결할 수 있다. 수학은 기본 용어 정리부터! 꼭 거쳐야 될 관문이라고 생각하라.

Verbal 단어는 반복훈련 통한 암기가 최고!

GRE에 출제되는 단어는 매우 방대하다. 따라서 그 양이 정말 많기 때문에 반복이 매우 중요하다. 정리가 가장 잘 되어 있는 GRE 단어모음집을 선정하여 단어를 공부하고, 기출문제 모음집의 문제를 풀어서 연습해 나간다.

같은 단어도 여러 가지 뜻을 가지고 있음을 알 수 있다. 흔히 사용되는 몇 가지 뜻 외의 의미로 문제가 출제되는 경우가 많으므로 사전을 최대한 활용하여 단어의 다양한 의미를 숙지한다.

또한 단어의 구체적인 의미를 파악하기 위해서 영한사전보다는 영영사전을 사용하는 게 바람직하다. 영영사전을 활용하면 동의어, 반의어, 표현 예제까지 함께 공부할 수 있다. 영영사전은 미국에서 실제 사용하는 사전을 구입하면 된다.

Verbal Reading 훈련 :
실전처럼 풀고 다시 해석하고 새로운 단어 암기

리딩은 시간 싸움이므로 속독 속해 연습을 많이 할수록 좋다. 지문은 단문과 장문이 있는데 장문은 지문의 길이에 비해 문제 수가 적다. 따라서 정확하고 빠르게 해석하는 것이 중요하다. 그리고 문제 난이도가 TOEFL 시험보다 높다. 그만큼 고도의 논리적 사고력을 요구하기 때문이다.

틀린 문제를 분석할 때 왜 이것이 답이 되는지를 확실히 이해해야 한다. 출제되는 문제 패턴은 비슷해서 처음에는 주제나 제목 그 다음 단락이나 문장의 추리력에 관한 문제들이 이어진다. 이 패턴에 익숙하도록 문제를 풀어본다.

Writing 훈련 : 다른 사람의 글을 많이 읽고 써라

라이팅도 고득점을 한 예문들을 이용해 반복 연습을 많이 하여 익숙해져야 한다. 다양한 주제들과 지금까지 가장 많이 나온 기출문제만 공부해도 어느 정도 만족스러운 점수를 받을 수 있다.

게시판에서 볼 수 있는 고득점을 한 글들은 논리성이나 독창성이 우수하다. 따라서 거기 나오는 패턴을 익히는 것도 좋은 방법이다. 고득점 샘플들을 여러 번 읽고, 쓰는 패턴이나 표현 방식을 익힌 후 각 주제별로 시간을 정하여 써본다.

처음에는 정해진 시간 내에 하기 힘들지만 여러 번 반복하면서 계속 써나가면 시간이 줄어들 것이다. 이때 사람에 따라서는 타자 연습도 필요하다. 학원을 다니면서 실력 있는 강사에게 지도를 받는 방법도 있다.

연습 시험도 실전처럼! : 반드시 시간 정해 풀고 답안지도 다시 작성

기본적으로 공부하는 단어나 문법 등은 계획한 시간표대로 공부하면 되지만 Math나 리딩의 연습문제를 풀 때에는 반드시 시험시간과 동일한 시간을 정하여 풀어본다. 실전에 보다 더 강해지기 위해서다.

시험을 볼 때는 되도록이면 시험장과 같은 환경을 조성해서 시험에 적응할 수 있도록 한다. 연습문제를 실전처럼 풀게 되면, 실제 시험장에서도 당황하지 않는다. 또한 연습문제를 통해 보다 쉽고 빠르게 해결할 수 있는 요령도 익힐 수 있다.

가능하면 모든 문제의 해답은 해답지를 보고 알지 말고 자신의 노력으로 먼저 해결하도록 노력한다. 마지막에는 완벽한 정답 답안지를 작성해본다.

GRE 시험 중에 특히 Math 부분은 나올 수 있는 문제의 유형이 지극히 한정적이다. 따라서 한두 달의 시간이면 Math 영역의 모든 유형의 문제를 풀어 보고 익히는 데 충분할 것이다.

Verbal의 경우에도 처음에는 아는 단어가 거의 없을 정도이지만 어느 정도 풀다 보면 일부 단어가 되풀이되는 것을 알 수 있다. 따라서 이해하기보다 출제 가능한 문제를 많이 풀어 보고 시험을 본다는 생각으로 준비를 해야 한다.

같은 실수를 반복하지 마라

한 번 풀어서 틀린 문제를 왜 틀렸는지 이유를 알고 넘어갔다 하더라도 나중에 풀어보면 똑같은 실수로 틀리기가 쉽다. 이러한 실수를 줄이기 위해서는 자신이 틀린 문제를 따로 적어 두었다가 시험을 보기 전에 반복하여 보는 것이 도움이 될 것이다.

쉽게 푼 문제는 실수로 놓치기 쉬우므로 자신이 실수한 문제를 자주 다시 풀어보면서 실점을 줄이는 것이 중요하다.

| 부록 3 |
미국 명문대학원에서도 인정하는
전공 실력 다지기

수업 시간에 배웠던 내용을 자신이 원하는 형식으로 정리하여 반복하라

자신이 쉽게 알아보고 공부할 수 있는 작은 책, 혹은 노트를 만든다. 그 내용을 반복해 보면서 개념을 확실히 익히고 실험이나 실습을 통해 구현해 가면 기억이 더욱 오래 간다. 그리고 시험을 통해 부족한 결과가 나온 전공분야는 어떻게든 시간 투자를 더 할 수밖에 없다. 관련된 문제를 많이 풀어서 응용력을 키워 나가도록 한다.

잘 해결되지 않는 문제는 자료를 동원하라

공부를 하다 보면 원하는 답이 나오지 않을 수도 있다. 이럴 경우 좌절하거나 포기하지 말고 기초로 다시 돌아가서 개념을 익힌 후 다시 그 문제를 풀어본다. 이렇게 해도 안 되면 관련 교재를 찾아가며 공부해 나간다. 특히 자료를 찾을 때는 가능하면 원서를 이용하라. 영어 공부와 전공 공부를 동시에 하는 일석이조의 효과와 더불어 미국에서 하게 될 원서 공부에 미리 적응해 나갈 수 있다.

전공 교과목을 한 학기에 너무 많이 듣지 마라

일반적으로 수강과목을 많이 들으려는 경향이 있는데 적은 과목을 잘 소화해내는 것이 더 중요하다. 처음 접하는 전공이 쉽지 않은 만큼 그 분량이 자신의 능력보다 많아진다면, 학점관리가 안 될 뿐 아니라 자신감도 없어지고 이해도도 떨어져 다음 학기 연관 과목을 수강할 때 더욱 힘들어진다.

그러므로 무리해서 많은 과목을 듣는 것보다 적은 수의 전공과목들이라도 완벽히 소화해내도록 노력하는 게 중요하다. 미처 수강하지 못한 과목들은 나중에 청강으로 대체하는 것도 좋은 방법 중 하나다.

주어진 숙제는 가능한 한 혼자 힘으로 해내라

숙제를 할 때 되도록이면 다른 학생이 푼 것을 참고하지 말고 스스로의 힘으로 해결해야 문제 해결능력을 키울 수 있다. 남이 푼 과제는 나도 풀 수 있다!

특히 숙제나 퀴즈 등은 모른다고 기출문제로 답을 찾지 말고 자신이

할 수 있는 가능한 모든 것을 해본다. 그러다 보면 문제 해결능력이나 새로운 아이디어를 생각해내는 능력이 길러져 그 다음 단계의 어려운 문제도 시간이 걸리기는 할지언정 해결할 수 있는 능력이 생길 수 있다. 단, 팀 프로젝트는 각 역할을 잘 분담하여 토론을 통해 효율을 높인다.

모르는 것은 교수님이나 선배, 동료 누구에게나 SOS를 쳐라!

모르는 문제는 가능하면 먼저 자신이 해결하려고 노력하는 것이 선행되어야 한다. 아무리 해도 풀리지 않을 때 그때 도움을 청해라. 문제가 잘 해결되지 않을 때나 자료를 찾아도 이해가 안 될 때는 교수님이나 선배들에게 질문해 문제 해결의 방향을 다시 새로 잡아 나간다.

모를 때는 적극적으로 물어보는 태도가 매우 중요하다. 특히 유학을 갔을 때 영어로 수업을 들으면서 더 이해하기 어려운 경우가 많아지면 그런 적극적인 태도가 꼭 필요할 것이다.

어렵거나 결과가 좋지 않더라도 포기해선 안 된다

원하는 결과가 안 나온다고 쉽게 좌절하거나 포기하면 안 된다. 특히 전공 분야는 생전 처음 시작해보는 학문이므로 어려운 것이 당연하다. 그러나 어떤 일이든 마찬가지지만 초기의 기초를 닦을 때의 고비를 잘 넘기면 그 후에는 많이 수월해진다.

새롭게 시작할 때 누구나 처음부터 잘하긴 힘들지만 열정과 끈기를 갖고 꾸준히 한다면 언젠간 반드시 원하는 실력과 자신감을 가질 수 있을 것이다.

자신이 듣는 과목에 흥미를 가져라

아무리 쉬운 과목이라도 스스로 흥미를 갖지 않으면 좋은 결과를 얻기 힘들다. 또한 좋은 점수를 받았다 하더라도 얻는 것이 별로 없을 것이다. 자신이 관심 있는 과목을 골라 듣는 것도 좋지만 어쩔 수 없이 들어야 한다면 그 과목에 대해 자기가 관심을 가지게 만들어야 한다.

인터넷으로 자료도 찾아보고 관련된 신문 기사를 찾아 읽어 보는 등 자신이 하는 일에 흥미를 가지도록 노력하면서 공부하라.

그날 배운 것은 그날 복습하는 게 상책

한 학기에 수강하는 과목 수는 적어도 다섯 과목에서 일곱 과목 정도가 될 것이다. 중간고사나 기말고사 기간 일주일 전에 공부한다고 하더라도 충분히 공부하기에는 어려울 것이다.

또한 그렇게 짧은 기간에 공부를 한다고 하더라도 그 많은 과목을 모두 자신의 것으로 소화시키기는 불가능하다고 봐야 한다. 따라서 수업이 빈 시간이나 수업이 끝난 밤시간을 충분히 활용하여 그날 수업한 내용이 아직 기억에 남아 있을 때 미루지 말고 복습을 해놓아라.

학점에 지나치게 구애받지 마라

제대로 개념을 파악하지 않고 풀이 요령만 익힌 예상문제가 적중하여 좋은 점수를 맞는 것보다, 한두 문제라도 완벽하게 알고 있는 것이 훨씬 더 낫다. 학점을 신경 쓴 나머지 시험에 나올 것 같은 예상문제에 너무 치중하는 것보다 한 문제를 풀더라도 제대로 이해하는 것이 장기적으로 전공 실력을 키우는 것이다.

이론과 실습의 균형 있는 병행 : 깊이 있는 공부의 완성

이론만 공부하면 시간이 조금만 흘러도 금방 잊어버린다. 기본개념을 이론으로 배우고 실험, 실습, 프로그래밍, 모의실험을 통해 실제로 구현하여 본다면 더 깊이 이해하고 기억도 오래갈 수 있을 것이다.

공학은 실생활과 밀접한 연관을 맺고 있기 때문에 현실과 접목시키고 응용해나가는 것이 매우 중요하다.

전공에 관련된 신문, 잡지, 책 등을 틈틈이 읽어라

아는 것이 많은 만큼 이해속도도 빠르듯이 전공과 관련된 최신 경향이나 현재 적용 사례 등을 폭넓게 알게 되면 전공 공부에 더 흥미를 가질 수 있다.

또한 대학원에서 세부전공을 선택하거나 연구를 하게 될 때 방향을 설정하는 데 매우 도움이 된다. 예를 들어 전자공학이 전공이라면, 전자신문이나 IT 분야 잡지를 장기적으로 볼 때 많은 도움이 된다.

내가 하고 싶은 일을 구체적으로 정하라

공부하는 전공과 관련되어 일할 수 있는 분야는 아주 다양하다. 전공과 관련된 신문 사설이나 잡지를 읽으면서 지속적인 관심을 가지고 앞으로 하고 싶은 분야를 미리 정한다면 전공을 공부하는 과정에서 더 현실감을 가질 수 있다. 또 하고 싶은 분야를 초기에 정함으로써 전공에 대한 관심과 공부하는 열정도 더 끌어올릴 수 있게 된다.

프로젝트를 수행하라

전공과목을 많이 듣고 좋은 학점을 받는 것도 중요하지만 그와 관련된 프로젝트를 실제로 수행해 보는 것도 이에 못지않게 중요한 부분이다.

프로젝트를 수행하면서 얻게 되는 실질적인 지식은 산 경험이 될 뿐만 아니라 전공 공부에서 배웠던 실력을 발휘해볼 수 있는 좋은 기회가 되기 때문이다. 프로젝트를 성공적으로 수행해보면 전공에 대한 자신감과 현실감이 생긴다.

이러한 경력은 대학원으로 유학을 갈 때 쓰는 SOP(Statement of Purpose : 자기소개서)에서 중요한 부분을 차지하고 입학허가를 받는 데도 매우 유리하게 작용한다.

4) 혼자서 준비하는 미국 명문대학원 유학
-미국 대학원 모집 일정 및 영어회화 준비

영어 점수만큼 중요한 영어회화

일반적으로 미국 대학원에 진학하려면 4학년 말 11월에서 12월 까지는 입학서류를 미국의 대학원에 모두 제출해야 한다. 그리고 합격이 되어 입학허가를 받으면 졸업 후 가을학기로 유학을 가게 된다. 따라서 그 시간에 맞추어 모든 준비가 미리 진행되어야 한다.

TOEFL 유효기간은 18개월, GRE는 5년이다. TOEFL은 가능하면 3학년까지 끝내고 4학년 때는 GRE에 집중해서 끝내야 미국 대학원 유학 일정에 맞추어 입학 지원 서류를 제출할 수 있다.

영어회화도 또한 아주 중요하다. 현지에 가서 공부를 하거나 교수들과 대화를 하기 위해서 영어회화를 잘할 수 있어야 한다. 영어회화 준비가 잘된 학생일수록 지도교수를 정할 때 유리하고, 교수들로부터 장학금을 받을 기회가 더 많다. 틈이 나는 대로 미리 준비하고 지속적인 훈련을 해야한다.

전공 실력을 탄탄히 기르자

영어도 중요하지만 전공 또한 중요하다. 영어는 미국에서 생활하고 공부하는 데 필요한 기본적인 도구지만 실제로 대학원에서의 학위과정은 전공을 공부하는 것이므로 당연히 전공 실력을 갖추고 있어야 한다.

특히 2학년부터 전공을 공부하면서 전공 실력을 기르고 학점관리를 잘 해놓아야 한다. 가능하면 전공과 관련된 실무 경험을 많이 쌓을수록 입학허가를 받는 데 유리하다.

미국 대학원의 전공별 순위자료 참고 :
홈페이지 통해 각 대학원에 관한 정보 조사

입학서류 제출 마감일자, 등록금, 생활비, 서류 요구사항, 학교 주소 혹은 연락처 등을 알아본다. 특히 미국은 대학원별로 조건이나 일정이 조금씩 다르므로 지원할 때 실수를 하지 않도록 잘 정리하고 주의하여야 한다.

각 학교의 입학에 관한 정보뿐만 아니라 관련학과의 전공별 교수진, 연구 진행사항 등을 알아본다면 지원하는 대학원을 선정할 때 도움이 될 것이다.

SOP, 재정증명서, 성적표(한/영), 장학금수혜증명서 등 준비

대학원 지원 시 제출 서류나 접수 방법은 학교마다 조금씩 다르다. 홈페이지에서 온라인으로 접수할 수도 있고, 어떤 경우는 우편발송으로만 접수가 가능한 곳도 있다.

우편발송 시 같은 학교 내에서도 제출 서류에 따라 대학원으로 보내는 경우와 학과로 보내는 경우 등 다양한 경우가 있다. 세심하게 주의하고 정확한 주소를 기입하여 우편물이 다른 부서로 가서 서류 미비로 곤란한 경우를 당하지 않도록 해야 한다.

SOP(Statement of Purpose)는 자기소개서 또는 학업계획서라고 하며, 입학허가를 결정하는 데 매우 중요한 부분을 차지하기 때문에 신중하고 솔직하게 작성하여야 한다. 대체로 자신의 유학 동기, 전공하

려고 하는 과목을 선택한 이유와 대학에서의 전공 활동 그리고 앞으로
의 연구계획이 주를 이룬다. 특히 전공에 대한 확실한 지식과 앞으로
어떤 것을 공부할지를 확실히 정해야 한다.

SOP를 쓸 때는 비록 자신이 뒤처지는 부분이 있더라도 주눅 들지
말고 솔직하고 자신 있게 써야 한다.

교수 추천서 받기

일반적으로 미국의 대학원에서는 세 통의 추천서를 요구한다. 우편
으로 제출하는 경우는 마감 날짜에 늦지 않도록 충분히 시간적 여유를
가지고 미리 추천서 양식을 교수에게 전달한다.

양식이 별도로 없는 경우 교수가 편지형식으로 쓴 추천서만 보내면
된다. 인터넷으로 접수하는 경우에는 온라인으로 지원할 때 교수의 이
메일 주소와 이름을 입력하면 지원을 한 후에 자동적으로 지원학교에
서 교수 메일로 추천서가 전달된다.

교수가 받은 추천서를 완성하여 다시 그 메일주소로 답장을 보내면
추천서 제출이 완료된다. 추천서도 대학원에 마감 날짜 전에 다 접수
되도록 미리 세심하게 확인을 해야 한다.

지원 원서를 빨리 보내 합격률을 높여라

지원 원서를 빨리 보내면 보낼수록 합격할 확률이 더 높다. 학교마
다 조금씩 차이는 있겠지만 대부분 모든 서류가 도착하면 접수 완료한
순서대로 우선적으로 입학 사정을 시작한다. 그렇기 때문에 비록 자신
보다 성적과 능력이 뛰어난 사람이 있더라도 그 사람보다 일찍 원서를

보내면 먼저 합격할 가능성이 있다.

그리고 더 우수한 지원자가 원서 마감 전에 원서를 제출했다고 하더라도 이미 합격한 지원자를 다시 떨어뜨릴 수는 없다. 예를 들어 원서 마감이 2월인 학교의 경우 12월 초 정도에 보낸다면 그만큼 합격할 가능성이 더 높아진다.

장학금 신청할 수 있는 국내재단이나 미국 제도에 대해 알아보기

장학금을 타기란 정말 힘들다. 경쟁이 치열하기 때문이다. 하지만 자신이 상위 그룹의 학교에서 입학허가를 받았다면 그만큼 장학금을 받을 확률이 높다. 그리고 찾아보면 우리가 알지 못하는 장학금이 의외로 많다.

특히 국내뿐만 아니라 외국에도 다양한 장학제도가 있다. 유학생들은 장학금이나 장학제도에 대한 정보가 많지 않고 자신이 수혜자가 될 거라는 기대가 크지 않기 때문에 소홀하게 넘기는 수가 많다. 그래서 대부분의 장학금은 미국 학생들이 탄다.

장학금에 대한 책들과 인터넷을 통해 적극적으로 정보를 알아보라. 자신을 기다리고 있는 장학금까지 놓칠 이유가 어디 있는가!

유학 갈 목표는 빨리 세우는 게 좋다

유학은 어학연수처럼 한번 해보자는 마음으로 쉽게 생각할 문제는 아니다. 한번 가볼까 하는 가벼운 마음으로 시작하면 실패할 가능성이 많다. 그만큼 자기 인생의 새로운 전환점이라고 볼 수 있는 매우 중대한 결정이다.

하지만 일단 가겠다는 결심을 하면 그 일에 최선을 다해야 한다. 또한 가능하면 빨리 결정해서 미리미리 준비해야 한다. 영어, 전공 등 준비할 게 많기 때문에 빨리 서두를수록 더 충실하게 준비해서 성공적인 유학을 갈 수 있을 것이다.

유학을 꿈꾸는 젊은이들을 위한 열 가지 조언

하나. 꿈을 가지자

꿈이 없는 사람처럼 불쌍한 사람은 없다. 지금 힘든 상황이나 어려운 처지에 놓여 있어도 꿈을 가진 사람은 그것을 이겨나갈 수 있는 힘을 가지고 있고 어떤 어려운 난관도 극복해 나간다. 꿈을 가진 사람은 스스로 '동기부여'를 하며 꿋꿋이 앞으로 나아간다.

그러면 언젠가 꿈은 이루어진다.

둘. 세상은 넓다, 넓은 세상에서 통하는 글로벌 인재가 되자

요즈음은 세계가 하나가 되는 글로벌시대가 되었다. 이제는 나라건 개인이건 우물 안의 개구리가 되어서는 살아남을 수가 없는 세상이 되었다. 오히려 적극적으로 넓은 세상을 바라보고 자신의 능력을 더 큰 세계에서 발휘해야 한다. 그런 면에서 유학은 대학원에서 학위과정을 통해 최신 학문을 배울 뿐만 아니라 견문을 넓일 수 있는 좋은 기회이며, 세계 어느 곳에서도 인정받을 수 있는 글로벌 인재가 되는 길이다.

셋. 구체적인 목표를 설정하고 계획하자

아무리 좋은 꿈을 가지고 있더라도 중간 과정 없는 성공은 없다. 현재에서 가장 가깝게 실현할 수 있는 목표부터 단계적으로 설정하고 실현 가능한 계획을 세우고 해나가야 할 것이다.

유학도 많은 준비과정이 있다. 영어, 전공 공부, 관련 시험 준비 등 장기적인 계획을 세우고 차근차근 해나가면 누구든지 성공적으로 해낼 수 있다.

넷. 실패를 두려워 말자

실패는 성공의 어머니라고 한다. 시행착오나 실패를 하더라도 포기하지 않고 다시 일어서면 그것은 값진 경험으로서 성공의 밑거름이 된다. 또한 실패를 경험하고 쓴맛을 본 사람은 그냥 승승장구한 사람보다 더욱 성숙하게 되고, 자신의 이런 경험을 통해 주변에 대해 더 많은 배려를 하게 된다.

인생은 마라톤이다. 대학입시에 실패했다고 인생이 끝난 것은 아니다. 또 다른 길을 도전해서 마지막에 웃는 자가 진정 성공한 사람이다.

다섯. 겸손한 태도로 배워라

지혜와 진리는 특별한 곳에 있지 않고 우리가 흔히 듣는 말 속에 있다. 겸손한 태도로 세상을 보면 도처에 배울 거리가 있다.

디오게네스가 세계적인 정복자 알렉산더에게 햇빛을 가리지 말아달라 했을 때 알렉산더는 노여워하지 않았다. 이것은 알렉산더가 힘센 자로서 힘없는 사람에게 관대함을 보여준 것이 아니라 자기보다 높은 지혜와 학식을 가진 사람 앞에 고개를 숙이는 겸손함을 보여준 것이다.

내가 모르는 부분은 나이, 지위, 상하 관계를 떠나 인정하고 배우고

자 하는 겸손한 마음을 가지고 있는 것은 아주 커다란 지혜를 가지고 있는 것이다.

모르면 누구라도 알고 있는 사람에게 물어봐라.

여섯. 자기 자신을 소중하게 생각해라

자존심이 강해야 한다. 무모한 오기가 있어야 한다는 말과는 다르다. 나 자신은 모든 우주하고도 바꿀 수 없는 제일 귀중한 존재다. 나는 수업 시간에 이런 얘기를 해주곤 한다.

"내가 너희들이 해낼 것을 믿는데 너희 스스로가 자기 자신을 신뢰하지 못하면 어떻게 하느냐."

누구든지 자신의 중요성을 알고 자신을 더 소중하게 생각할 때 무한한 가능성을 발휘할 수 있다고 생각한다.

일곱. 하늘은 스스로 돕는 자를 돕는다

행운은 열심히 일한 사람에게 따라 오는 것이다. 실제로 유학 사업의 과정 동안 좌절하지 않고 꾸준히 해나가는 도중에 그야말로 하늘이 도왔는지 예상하지 못했던 좋은 방향으로 일이 풀려 나가는 경험을 여러 번 했다.

성공한 사람은 늘 자신이 운이 좋았다고 말한다. 행운은 언제나 그렇게 오는 것이다.

여덟. 백짓장도 맞들면 낫다

어떤 일이건 혼자 할 때보다 여럿이 함께 하면 훨씬 힘도 덜 들고 효율적으로 할 수 있다.

유학 준비를 하는 과정에서도 혼자 공부하는 것보다 그룹을 만들어 서로 가르쳐주고 정보를 교환하면서 함께 진행하면 훨씬 효율적이다. 또한 지치거나 힘들 때 또는 좌절감이 생길 때도 서로 격려하며 꿋꿋이 해낼 수 있는 힘이 되어 더 좋은 결과를 얻을 수 있다.

아홉. 지금이라도 늦지 않았다, 시작하는 것이 중요하다

너무 늦은 것 같다며 지레 짐작하고 포기하는 경우가 많이 있다. 특히 대학 3학년만 되어도 자신이 이미 늦어버린 것이 아닌가 생각하고 유학 결심을 주저하는 학생들이 있다.

우리 학과의 경우 학점이 안 좋은 과목을 재수강 하면서 1년 이상 더 다니거나 졸업을 하고도 1년을 더 준비해서 유학을 가기도 한다. 실제로 유학생 중에는 회사를 다니다가 뒤늦게 미국 대학원으로 유학을 가는 사람들도 많이 있다. 하물며 대학에 다니고 있다면 충분히 해볼 기회가 있는 것이다. 지금이라도 늦지 않았다. 시작하면 된다.

열. 주변 환경을 탓하지 마라

무슨 일을 하든지 모든 여건이 완벽하게 갖춰지고 주변에서 모두가 도와주어 일사천리로 진행되는 일은 거의 없다. 이럴 때 장애물을 하나씩 극복해 나가는 사람이 있는 반면에 그런 난관들을 핑계 삼아 이런 저런 이유 때문에 못한다고 합리화하며 포기하는 사람들도 많이 있다. 그런 사람은 핑계거리에 유리한 정보를 주로 받아들이고 대신에 적극적으로 해결할 수 있는 방법에 대해서는 아예 귀를 닫아버린다.

우리 학과 2호 박사인 이재민 박사는 집에서 유학비용을 도와주기 어려운 형편이었는데 수년간 회사에 근무하면서 모은 자금으로 마침내 유학을 성공적으로 마치고 박사 학위를 취득했다. 긍정적인 마음과 부정적인 마음의 차이가 어떤 결과를 가져올 수 있는지를 분명하게 보여준다.

| 부록 5 |

학비 연 3천만 원의 미국 사립대학 VS
장학금 연 3천만 원의 미국 대학원

수년 전부터 민족사관고등학교와 대원외국어고등학교는 미국 대학 학부 유학을 목표로 교육을 실시하여 다수의 학생들을 미국 유명대학에 입학시키는 데 성공했다. 그 결과 민족사관고등학교나 대원외국어고등학교는 모든 고입 수험생 및 학부모가 선망하는 최고의 고등학교로 인정받고 있으며, 이들 학교에 들어가기 위한 경쟁도 매우 치열하게 되었다.

학생 및 학부모가 미국 유학을 통해 국제적 능력을 지닌 글로벌 인재로 성장하는 장래 진로를 얼마나 선호하는지를 보여주는 일례라고 할 수 있다.

강릉대학교 전자공학과에서도 민족사관고등학교나 대원외국어고등학교와 마찬가지로 미국 유학을 목표로 학생들을 교육하고 있으며, 지난 수년간 이미 다수의 학생들을 미국 명문대학 대학원에 입학시키는데 성공하였다.

차이가 있다면 민족사관고등학교나 대원외국어고등학교는 고등학생을 대상으로 미국 대학 학부 유학을 목표로 하고 있는데 반하여 우리는 대학생을 대상으로 미국 대학원 석박사과정 유학을 목표로 하고 있다는 점이다.

여기서 지원하는 대학원 유학은 민족사관고등학교나 대원외국어고등학교에서 목표로 하는 학부 유학과 비교하여 여러 가지 장점을 가지고 있다.

다음의 표에 강릉대학교 전자공학과를 졸업하고 미국 대학의 대학원으로 진학하여 석박사학위를 취득하는 경우가 고등학교를 졸업하고 미국의 대학 학부로 유학하여 학사학위를 취득하는 경우에 비교하여 어떤 장점이 있는지를 정리해보았다. 물론 대학원 전공 분야에 따라 장학금, 취업률 등에 차이가 있으므로 아래 표에 보인 장단점 비교는 전자공학 전공일 경우에만 의미를 가지나, 이를 근거로 전체적인 대차대조표를 그려볼 수 있다.

미국 사립대학 학사 과정과 미국 대학원 과정 비교(전자공학 분야에 한정)

취득 학위	미국 대학 학부과정 유학	미국 대학원 석박사과정 유학
학위 취득 이수 학점수	약 130학점 (교양과목포함, 8학기 동안 매학기 약 18학점 씩 수강)	1. 석사 : 약 30~32학점 (전공 과목만 이수하면 됨, 학기당 약 9학점씩 4학기 수강, 논문 옵션 유무) 2. 박사 : 약 36학점 (전공 과목만 이수하면 됨), 박사학위 논문
학업 난이도	전공 이외에 교양과목까지도 모두 영어로 공부하고 학기당 과목 수가 많아 매우 힘든 과정임	교양과목 없이 전공과목만 공부하므로 특히 이공계에서는 문제보다 상대적으로 영어로 공부하기가 수월함
유학 비용	대부분 자비(엄청난 등록금 및 생활비)	대부분 장학금(초기 1~2년만 자비, 그 다음엔 장학금)
장학금	1. 매우 어려움 (다수의 미국 대학생과 경쟁) 2. 장학금 수혜 시 등록금만 지급 (국내에서 생활비를 송금해야 함)	1. 국내 국비장학생 2. 미국 대학내 연구(RA) 및 실험 조교 장학금(TA) 또는 GA(Graduate Assistantship) 취득이 용이 3. 장학금 수혜시 등록금뿐만 아니라 생활비도 지급 (국내에서 송금 없이 생활 가능)
학위 취득 후 진로	1. 미국 대학원 석박사과정 진학 2. 미국 내 취업은 미국내 대졸자와 힘든 취업 경쟁(영주권 없으면 그마저도 힘듦) 3. 국내 취업은 명문대 대졸자와 경쟁	1. 석사학위만으로도 미국 및 국내 대기업 취업 가능 2. 박사학위일 경우 미국 및 국내에서 회사 취업 용이 (대기업의 스카우트 경쟁 대상임) 또는 대학 교수로도 취업 가능
연봉		학사학위 소지자에 비해 1.5~2배 연봉 (미국 내 취업시)
유학 시험	TOEFL, SAT	TOEFL, GRE
유학 기간	4년	1. 석사 : 1년 반~2년 2. 박사 : 약 3년~4년

3장

코리아 풀(Korea Pool)에서
글로벌 풀(Global Pool)로!
나는 이렇게 준비했다

인생에 있어서 기회란 그렇게 많이 오지 않는다.
한국에서는 특히 수능시험이 첫 번째이자 마지막 기회로 많이 인식된다.
하지만 새롭게 도전하는 사람에게 하늘은 인생의 또 다른 기회를 준다.
그것도 첫 번째보다 더 좋은 기회를!
우리는 이것을 'The Second Chance'라고 부른다.

마지막에 웃는 사람이 승자다

김종복(UCLA 석사 졸업, LG이노텍 연구원)

변화가 없으면 죽은 것이나 다름없다.
삶이란 수많은 음표로 이루어진 협주곡이다
라빈드라나트 타고르

"하늘은 스스로 돕는 자를 돕는다."

이 말은 강릉대학교 학부시절 조명석 교수님이 유학을 권유하며 해주신 말이다. 아직도 생생히 기억하는 이 말이 나의 인생을 바꿨다.

1999년 3월, 인천에서 고등학교를 졸업하고 국립 강릉대학교에 입학했다. 고등학교 내내 공부에 특별한 관심이 없었으므로 성적은 늘 학급에서 중간 정도였다. 이런 성적을 가진 나는 어디서나 볼 수 있는 지극히 평범한 학생이었다.

대부분의 학생들이 그렇듯 나 역시 특별한 목표 없이 대학 진학을 결심했다. 그것은 중학교나 고등학교 진학처럼 맹목적인 선택이었다. 성적이 그리 좋지 못했으므로 소위 말하는 명문대학교는 꿈에도 생각해보지 않았다. 그러나 집에서 멀리 떨어져 한 번도 가본 적 없는 곳에 소재한 대학으로 진학하게 될 줄 역시 꿈에도 몰랐다. 강원도 강릉에 있는 강릉대학교는 당시 나에게 너무나도 낯설고 막막한 곳이었다.

"강릉대학교? 거기가 어디야?"

"인천에서 왜 강릉까지 갔어?"

"별 볼일 없는 지방대학교 나와서 뭐해 먹고 살래?"

강릉대학교에 들어갔다고 하니 주위 사람들의 시선이 이처럼 냉소적이기 일쑤였다. 그 뒤로는 나 스스로 강릉대학교 학생이라는 것에 떳떳하지 못했다. 물론 지금 생각해보면 이 국립 강릉대학교, 특히 전자공학과에 입학하게 된 것은 나에겐 인생 최대의 행운이었다.

2학년에 전자공학을 접하면서 본격적으로 공부에 관심을 가지게 되었다. 교수님들의 열정적인 강의와 면담 등을 통한 지도는 내가 공부에 관심을 갖게 되는 데 결정적인 역할을 했다. 공부에 관심을 가지게 되자 늦게 배운 도둑질에 밤새는 줄 모른다고, 그야말로 밤새워 책을 파고드는 날이 많았다.

한 학기가 끝나고 전액 장학금을 받기에 이르자, 이를 통해 '하면 된다'는 자신감도 가지게 되었다. 전자공학이라는 학문에 대한 관심과 공부를 통해 얻은 자신감은 내가 더 높은 곳을 바라보도록 이끌었다.

대학원 진학을 목표로 하던 중 교수님들이 유학이라는 길을 보여주셨다. 하지만 국내 대학원 진학이라는 목표도 버거웠던 내게 해외 유학이라는 길은 너무도 험난해 보였고, 끝이 어디에 있는지도 알 수 없을 만큼 막막해 보였다. 특히 가정 형편상 장학금을 받지 않으면 안 되는 사정으로 유학이라는 것은 더욱 멀게만 느껴졌다.

하지만 교수님들은 '하늘은 스스로 돕는 자를 돕는다. 열심히 준비하면 장학금까지 받고 유학갈 수 있어. 같이 한번 길을 찾아보자' 하며 조언과 격려를 아끼지 않으셨다.

당시 교수님들의 진심 어린 조언과 격려로 유학을 결심하긴 했지만 사실 내가 미국 명문대학원에 진학할 수 있으리라고는 상상도 하지 못했다.

'높은 목표로 공부하면 뭔가 남는 것이 있겠지.'

'국내 대학원을 진학하려 해도 어차피 필요한 영어니까 잘 안 돼도 국내 대학원 진학에 도움이 되겠지.'

처음에는 이런 생각으로 유학을 준비하였다. 하지만 지금 생각해보면 교수님들은 조금은 현실타협적인 내 생각과는 달랐던 것 같다. 교수님들은 정말 내가 장학금을 받고 유학을 갈 수 있다는 믿음을 강하게 가지고 계셨던 모양이었다. 이러한 교수님들의 믿음과 조언 그리고 격려로 정말 기적과 같은 일이 벌어졌다.

처음 봤던 TOEIC에서 275점 밖에 못 받았던 내가 더욱 어려운 TOEFL과 GRE 시험에서 미국 명문대학원에 진학할 수 있을 만한 성적을 얻었고, 결국 국비장학금을 받고 UCLA 석사과정에 입학하게 된 것이다.

하늘은 스스로 돕는 자를 돕는다는 말이 귀가 아닌 가슴으로 와 닿는 순간이었다. 왜냐하면 운이 좋아서인지 정말 하늘이 도와서인지 내가 유학을 준비할 기간에 이공계 지원 정책으로 대규모 해외 석박사 지원 장학사업이 신설됐고, 내가 그 수혜자로 뽑혔기 때문이다.

그때 나는 깨달았다. 내가 가는 길이 끝이 보이지 않는 어두운 길이라도, 정말 간절히 바라고 열심히 한다면 그 길에 빛이 밝혀지는 날이 온다는 것을.

가슴이 시원해질 만큼 넓게 깔린 푸르고 싱싱한 잔디, 마치 식물원을 연상케 하는 다양한 수종의 나무들, 멀리까지 탁 트여 보이는 너무나도 푸르디푸른 하늘, 잔디밭 여기저기 한가로이 누워 책을 읽는 학생들, 자연과 어우러진 캠퍼스의 여기저기를 지나다니는 귀여운 다람쥐들.

상상만 하던 미국 대학 생활이 눈앞에 활짝 펼쳐져 있었다. 내가 이 학교의 학생이라는 것이 믿어지지 않았지만 이 멋진 곳에서 내 꿈을 이뤄보고자 하는 설렘으로 UCLA에서의 첫 학기를 맞이하였다.

역시 미국 생활에서 가장 어려웠던 것은 영어였다. 나름대로 영어 공부를 해왔지만 막상 강의를 들으니 많은 부분 못 알아듣기 일쑤였고, 누군가와 대화를 할 때는 입이 떨어지지가 않았다.

미국 생활 초창기에 가장 많이 쓴 말이 'I am sorry'였다. 누군가 말을 걸면 한 번에 알아 듣지 못해 항상 되묻던 말 'I am sorry?' 정말 쉬운 대화에도 'I am sorry?'를 연발했더니 미국 사람이 어이없다는 표정으로 'Never mind' 했을 땐 정말 내 자신이 너무 바보같이 느껴졌었다.

이러한 언어 장벽은 전공 공부를 하는 데도 어려움을 가져왔다. 하지만 학부 때 거의 모든 전공 교과를 원서로 가르치던 교수님들 덕분에 원서를 읽는 데 부담이 없었고, 이로 인해 수업에서 따라가지 못한 부분을 잘 메워 갈 수 있었다. 또한 점차 시간이 지남에 따라 영어를 사용하는 것에도 익숙해지면서 갈수록 모든 일에 자신감이 생기게 되었다.

물론 영어 외에도 어려움은 많이 있었다. 하지만 어려움에 직면할 때마다 유학을 준비하면서 얻은 '하늘은 스스로 돕는 자를 돕는다' 라는 교훈은 내가 그 어려움들을 이겨내는 데 큰 힘이 되어주었다.

결국 무사히 석사 졸업 시험에 합격해 석사과정을 마쳤고 병역특례 전문연구요원으로 LG이노텍에 입사하게 되었다.

유학을 준비할 때는 그 시간들이 도저히 감당할 수 없을 만큼 힘든 시간처럼 느껴졌는데, 석사과정을 할 때는 또 그 시간이 가장 힘든 시간 같았다. 언제나 항상 지금 직면한 어려움이 가장 힘든 것 같이 느껴지는 것 같다. 하지만 그 어려움들을 이겨내고 보니 결국 내가 이루고자 했던 목표들이 다 이뤄져 있었다. 물론 지금은 더 큰 목표를 가지게 되었다.

현재의 첫 번째 목표는 전문연구요원으로 병역의무를 마치고 박사 학위에 도전하는 것이다. 그 후 교수님들이 갈 길을 잃어 방황하던 나에게 내가 가야 할 길을 밝혀준 것처럼 나도 학생들에게 길을 밝혀줄 수 있는 교수가 되는 것이 다음 목표이다.

이 목표를 향해 가면서 많은 어려움을 맞이하겠지만 지금까지 해왔던 것처럼 열심히 최선을 다한다면 이 목표들 또한 결국 어느 순간 이뤄져 있을 거라고 나는 믿는다.

나처럼 평범한 고교 생활을 보내고 아무 생각 없이 대학에 들어온 많은 학생들, 그리고 지방대에 들어왔다고 낙담만 할지도 모를 후배들도 그들만의 길을 볼 수 있기를 바란다.

고등학교 이삼 년으로 결정된 대학 진학이 모든 것을 좌우한다고 믿는 한국 사회에서는 평범한 지방대학교에 진학한 사람들이 사회의 낙오자 정도로밖에 인식되지 않는 것이 사실이다.

하지만 그 고등학교 이삼 년을 놓친다고 인생이 끝나는 것이 아니라 언제든지 자신이 뭔가를 목표로 노력하면 충분히 메워질 수 있는 시간이라는 것을 내가 느낀 것처럼 다른 많은 학생들도 느낄 수 있기를 희망한다.

평범한 지방대학교를 진학한 사람이 낙오자가 아니라 꿈이 없는 사람, 목표가 없는 사람, 열정이 없는 사람이 낙오자라고 생각한다. 꿈을 가지고 목표를 세워 그 목표를 이루고자 열정을 쏟아 붓는 사람은 자신의 위치가 어떠하든 결국은 자기의 분야에서 빛을 발하는 사람이 될 것이라는 것을 믿어 의심치 않는다.

마지막에 웃는 사람이 진짜 이긴 사람이다.

공고생, 미국 명문대학원에 가다

전상국(노스캐롤라이나 주립대학 석사과정)

사람들은 모두 놀라운 잠재력을 가지고 있다. 당신 자신의 역량과
청춘을 믿으라. 그리고 '모든 일은 나에게 달려 있다'라고 계속해서 외쳐라.

앙드레 지드

대부분의 농촌 출신 학생들이 그렇듯 가정형편이 어려웠던 나는
일찌감치 자립을 결심하고 취업이 잘된다는 공업고등학교에 진학했
다. 그러나 취업의 문턱에 다가설수록 좀 더 전문적으로 배우고 싶다
는 공부에 대한 미련과 함께 대학교에 대한 동경이 밀려왔다. 취업을
뒤로한 채 수학능력시험을 준비했고, 강릉대학교에 입학을 하게 되
었다.

대학에 들어왔다는 기쁨에 학과 공부보다는 대학의 유희 문화에 푹
빠져 살다 보니 2학년 전공과목의 성적은 C학점을 맴돌았고, 점점 의
욕이 사라져 가면서 그때쯤 남들처럼 군대를 갔다.

복학 후 달라지리라는 마음과 더불어 공부를 하겠다는 의지가 충만

해진 탓인지 나는 거의 몰두하다시피 전공과 영어 공부에 빠져들고 있었다. 그때쯤이었을 것이다. 왕보현 교수님이 미래에 대한 준비를 언급하며 유학 얘기를 꺼내셨다.

그때만 해도 왜 현실과 동떨어진 유학 얘기를 하시는지 이해가 되지 않았다. 그 당시 나의 꿈은 방송국에 취업하는 것이었다. 그러다가 4학년 여름 BK21 혜택을 받아 한 달간 캐나다 어학연수를 하던 중 외국 대학들을 직접 방문해보면서 마음에 갈등이 생기기 시작했다. 학교로 돌아와 조명석 교수님과 수차례 면담을 한 후 유학을 갈 결심을 굳히게 되었다.

방송국도 좋았지만 유학이라는 것은 더 도전적이었고, 뭔가 새로운 게 기다릴 거라는 기대가 컸다. 그리고 만약 지금 선택하지 않는다면 후에 반드시 후회할 것이라는 생각이 들었기 때문에 과감하게 결정하게 되었다.

막상 유학을 결심하고 나니 의구심이 생겼다. 공업고등학교를 다닌 탓에 대학교 입학 당시 미분이나 적분은 들어보지도 못한 나로서는 2학년 때 X^2조차 미분하지 못했다. 비록 4학년이 되었지만 전공에 대한 기초학문 지식은 여전히 부족하다고 느꼈기 때문에 더더욱 자신감이 없었다.

교수님께서는 영어 성적을 제대로 받으면 유학을 갈 수 있다는 말씀을 종종 하셨다. 이 말은 영어 성적만으로 유학을 갈 수 있다는 얘기가 아니었다. 곧 영어가 부족한 상태에서 체계적으로 공부하여 좋은 성적을 받을 수 있는 사람이라면 유학을 할 만한 가능성을 가지고 있다는 함의였다.

영어 성적과 전공지식을 쌓는 것은 엄연하게 달랐지만, 나는 어쩐지 교수님 말씀대로 마치 그렇게 될 것처럼 믿게 되었다. 아마도 교수님은 충분히 나 자신을 믿도록 용기를 주시려고 그런 말을 했던 것인지도 모른다. 어쨌든 그 효과는 놀라워서 이후로 나는 나 자신을 전폭적으로 신뢰하기로 했고, 유학 준비를 차근차근 해나갔다.

복학 후 전공 성적은 괜찮을 정도로 끌어 올렸으므로 이때부터 본격적으로 영어 공부를 시작했다. 복학해서 줄곧 토익과 영어회화를 중심으로 해왔기에 토플 유형의 문제에 익숙하지 않았다. 때문에 토플에 맞는 공부 방법을 처음부터 찾아가면서 하지 않으면 안 되었다.

그리고 영어회화의 중요성은 여전히 느끼고 있어서 항상 아침 8시 외국어교육원 회화수업을 들었고, 한편으로는 외국인 친구를 사귀어 영어에 노출되는 빈도를 높이려고 노력했다.

매번 토플 시험을 볼 때마다 교수님께서 격려해주셨고, 결과에 대해서는 냉정하게 받아들이고 그에 맞는 행동을 취하도록 해야 한다면서 조언을 해주셨는데 많은 도움이 되었다. 결과적으로 원하는 토플성적을 받았으나 유학을 늦게 결심한 탓에 GRE 시험시기를 놓치게 되면서 석사과정 지원을 1년 미루어야 했다.

또 다른 이유는 유학 준비에 매진하느라 장시간 앉아 공부를 한 여파로 중학교 때부터 고질적이던 허리 디스크의 상태가 악화되어버렸다. 30분 이상 앉아 있기조차 힘들 때가 있었다. 치료와 휴식이 불가피하게 되면서 전공 공부보다는 다소 부담이 없는 영어회화에 집중했다.

GRE 시험이 다가오는데도 허리 상태는 좋아질 기미가 보이지 않았고 그것 때문에 공부도 많이 하지 못하게 되면서 좋은 성적은 받지 못했다. 그래도 미국 대학원에 지원하였고 결국 입학허가를 받았다.

건강이 별로 좋지 않은 상태에서 입학허가를 받았기 때문에 유학을 강행해야 하는 건지 아니면 몸을 더 돌보아야 하는 건지 고민했다. 결국 1년을 더 미루어 2005년 가을학기로 입학을 했고 현재 석사 3학기째 다니는 중이다.

유학생활은 누구에게나 쉽지 않다. 지나가면서 미소를 지으며 안부 인사를 하는 석사과정 혹은 박사과정 대학원생들 모두가 다 저마다 어려움을 가지고 있다. 심리적인 문제, 건강 문제 그리고 금전적인 문제 등 여러 가지 요소가 복합적으로 유학생활을 힘들게 한다.

나의 경우 미국에 오자마자 학기 중에 아버지가 돌아가시는 바람에 귀국할 수밖에 없어 첫 학기는 많이 힘이 들었다. 게다가 이미 허리 수술을 두 차례나 받았는데도 증세가 나아지지 않았기 때문에 이제는 뒤로 물러설 곳이 없는 상태였다. 정말로 철저한 건강관리 없이는 유학은 물론이고 일상생활 자체가 위협을 받게 되었으므로 항상 우선순위는 건강에 두고 있었다.

아침에 눈을 떴을 때 허리가 너무 아파서 비관적인 생각이 들 때가 많았다. 그럴 때마다 '해보자' 그리고 '할 수 있어'라는 말을 스스로에게 던질 수 있는 자세를 가지려고 노력했다. 조금 더 긍정적이고 자신을 믿으면서 생활한다면 극복할 수 있다고 보았다. 모든 게 마음먹기에 달려 있다는 말은 유학 생활을 하면서 더 절실하게 피부로 느끼게 되었다.

학과 수업의 경우 강릉대학교 학부 과정의 충실한 수업이 많이 도움이 되었다.

지금 나는 석사과정을 마친 후 미국에 있는 IT기업에 입사하고자 한다. 미국이라는 사회와 문화에 대해 더 배우면서 글로벌 무대에서 뛸 수 있는 경쟁력을 가진 엔지니어가 되고자 하는 바람을 가지고 있고 이를 위해 열심히 달릴 것이다.

나는 자기비하를 잘하는 사람이었다. 대학교 때 유학에 대한 이야기를 처음 들었을 때도 '공업고등학교를 졸업하고 겨우 대학에 들어온 내가 어떻게 유학을 갈 수 있겠어?' 하고 나 자신을 불신했다. 그런 나에게 교수님은 믿음을 주었고, 결국 지금 이곳에 와서 더 높은 비전을 가질 수 있게 되었다.

자신의 개똥철학도 중요하지만 주변에 누가 있고 어떤 말을 해주느냐가 정말로 중요하다고 본다. 즉, 본인의 진취적인 개똥철학을 발전적인 방향으로 바꿀 수 있는 환경에 스스로를 노출시키는 게 무엇보다 중요하다.

유학은 자신의 인생을 사는 길 중 한 가지에 지나지 않는다. 선택하는 길은 개개인마다 다를지라도 분명한 것은 그 길이 자신을 발전시킬 수 있는 것이어야 한다. 현재 학교에서 열심히 공부하고 있는 사람들에게 그리고 나 자신에게 얘기하고 싶은 말을 록펠러의 말을 빌려서 하고자 한다.

"목표를 높은 곳에 두어야 합니다. 똑같은 노력이지만 목표가 이미 큰 사람은 큰 곳을 향한 노력이 되는 것이고, 먹고 사는 일에 급급한 사람은 뜻이 작기 때문에 작은 노력이 되고 마는 것입니다. 자신에게 내재되어 있는 무한한 능력을 꺼내 쓰기 위해서 가장 중요한 것은 얼마나 높은 목표를 가지느냐 하는 것입니다. 스스로 못할 것이라는 생각은 스스로를 속이는 가장 큰 거짓말임을 명심하기 바랍니다."

수능 점수는 인생 점수가 아니다

김지민(노스캐롤라이나 주립대학 석사 졸업, 삼성전자 근무)

존재를 잃어버리면 가슴을 잃는 것이다 / 가슴을 잃어버리면
자신을 잃는 것이다 / 자신을 잃어버리면 세상을 잃는 것이다 / 세상을
잃어버리면 인생을 잃는 것이다 / 인생은 실패할 때 끝나는 것이
아니라 / 포기할 때 끝나는 것이다

천양희

2001년, 나는 철없는 스무 살 여대생이었다. 미래에 대한 아무런 준비도 없었고, 어떠한 열정도 희망적인 생각도 없었다. 평범한 대학생들처럼 친구들과 몰려다니며, 공부하는 것보다 노는 것이 좋았다.

사실 대학에 입학하면서 그 동안 꿈꿔 왔던 나의 미래를 하나씩 포기하기 시작했던 것 같다. 지방의 작은 국립대는 나에게 어떤 미래를 보장해줄 것이라고 생각되지 않았기 때문이다. 학벌이 중요한 사회인 한국이 나를 그렇게 만든 것은 아닐까?

고등학교 다닐 때만 해도 좋은 대학으로 가는 게 인생 최대의 목표인 것처럼 교육을 받았고, 마치 어떤 대학을 가느냐 하는 것이 남은 인생 전체를 결정짓는 것처럼 높은 수능 점수만을 위해 노력해야 했었

다. 나는 내가 왜 미분 적분을 해야 하는지도, 왜 화학식을 외워야 하는지도 몰랐다. 그것은 단지 나에게 있어 대학 진학을 위한 단순 암기 훈련이었고, 지독히 재미없고 지루한 과정이었을 뿐이다.

그랬던 나였기에 그 당시 대학을 졸업하고 미국 대학원으로 유학을 가서 또 공부하고 있을 미래를 전혀 상상할 수 없었다.

대학 2학년이 되자 나는 너무나 많은 문제들이 막막하게만 느껴졌다. 그것은 당연했다. 아무런 목표가 없었기 때문이다. 사람은 누구나 목표를 가지고 최선을 다할 때, 그리고 그것이 동기가 되어 열정을 가질 때 자신의 능력을 최대화할 수 있다.

나에게 무엇보다 필요했던 것은 진정 내가 뭘 원하는지 찾는 것이었고, 그것을 달성하는 방법이 무엇인가 하는 것이었다. 그것을 가장 어렵게 했던 것은 열등감과 바닥으로 떨어진 자신감이었다. 한참 내가 갈 방향을 잡지 못하고 방황하고 있을 때 조명석 교수님이 나를 부르셨다.

교수님은 유학 간 선배들의 사례를 들며 나에게 유학을 권유하셨다. 그것은 내가 한 번도 생각해보지 못했던 길이었다. 그 당시만 해도 그것이 지금 나의 처지에서 가능하기나 한 일이냐며 고개를 흔들었다. 유학은 부유한 집안의 자녀나 혹은 머리가 아주 명석한 사람들의 전유물이라고 생각했기 때문이다.

조명석 교수님이 수업시간 도중에 이런 말을 하신 적이 있다.

"우리는 너희가 뭐든 잘 해낼 것을 믿는데, 너희가 너희 스스로를 믿지 못하면 안 된다. 항상 스스로를 믿고 최선을 다해라. 너희는 뭐든 할 수 있다."

유학에 대한 처음의 비관적인 태도와 생각은 내 잠재력이 충분히 앞으로도 발전할 수 있을 거라는 교수님의 지지와 격려 그리고 믿음 덕분에 서서히 바뀌고 있었다. 더군다나 그때 선배들의 연이은 미국 대학원 합격 소식은 애초의 태도를 완전히 바꾸는 큰 자극이 되었다. 그때부터 전공 공부에 흥미를 갖기 시작했고, 3학년이 되면서 공부에 대한 욕심이 점점 커지면서 유학이 실현 가능해 보이는 목표가 되었다.

교수님들께서 유학이라는 대안을 학생들에게 제시하고 나서부터는 유난히 학사관리가 깐깐해지기 시작했다. 교수님들은 글로벌 인재가 되기 위해서는 두 가지, 즉 전공 실력과 영어 실력을 충분히 키워야 한다고 하셨다.

덕분에 우리는 학기 동안 중간, 기말 고사를 제외하고도 여러 번의 시험을 쳐야만 했고, 모든 전공은 영어 원문 서적으로 공부해야만 했다. 시험은 늘 저녁 때 봤기 때문에 9시면 버스가 끊기는 나로선 가끔 친구 집에서 자야 하는 신세에 놓이기도 했었다.

2학년 겨울, 고등학교 졸업 이후로 줄곧 손 놓고 있던 영어공부를 시작했다. 당시는 우리 과에서 영어 프로그램을 시행한 지 얼마 지나지 않았을 때였다. 교수님들께서는 영어 공부 하는 학생들이 편안하게 공부할 수 있도록 열람실을 따로 마련해주셨고, 출석 체크를 하면서 학생들이 방학 동안 흐트러지지 않도록 체계적인 관리를 하셨다.

방학임에도 불구하고 밤 9시가 넘어서까지 공부해야만 했고, 그런 결과 방학이 끝날 즈음엔 다들 영어 성적이 향상되어 있었다. 나도 처음 토익 성적이 400~500 사이였지만 매 방학마다 충실히 공부한 덕에 토플 점수가 상당히 향상되는 좋은 결과를 얻을 수 있었다.

유학이란 목표 아래 3년 동안 참으로 정신없이 지냈다. 물론 쉽지는 않았다. 토플 시험을 보고, GRE 공부를 하고, 원서를 넣고, 그리고 합격 통지를 받기까지 하나하나 힘들고 어려운 과정이었지만 그 모든 과정들이 나를 좀 더 성숙하게 만드는 원천이 되었다. 그리고 그때가 나를 발전시킬 수 있는 큰 계기였다고 믿는다.

더군다나 그 과정을 통해서 내가 진정으로 하고 싶어 하는 것이 무엇인지 찾아낼 수 있었다. 목표를 위해 열심히 노력하는 나를 통해 또 다시 자신감을 얻을 수 있었기에 충분히 가치가 있었다고 생각한다.

2005년 가을, 나는 노스캐롤라이나 주립대학에 석사과정으로 입학했다. 학기 중에 여러 번 미국 내에서 열린 취업 설명회에 다녀온 적이 있었다. 나는 한국의 내로라하는 대기업들이 학생들을 뽑으러 미국 땅까지 엄청난 돈을 들여서 온다는 것에 놀랐다.

한국 사회라는 것이 얼마나 모순적인가. 한국에서는 취업이 힘들어서 백수가 넘쳐난다고들 하는데 기업들은 한국에서는 뽑을 사람이 없다며 미국까지 온다. 이건 바로 현재 한국의 대학들에서 기업이 원하는 만큼의 인재를 만들어내지 못하기 때문이 아닐까 생각했다.

유학 생활이 어느덧 1년이 훌쩍 지나고 이제 졸업을 앞두고 있다. 졸업 후 나는 한국 기업에 취업을 해서 엔지니어로서의 역량을 키워나갈 것이다.

1년이 조금 넘는 시간, 아주 짧은 시간이었지만 내 인생에 있어서는 아주 소중하고 좋은 경험이었다. 나는 유학 자체가 대단한 일이라고는 생각지 않는다. 다만 시골에서 24년간을 우물 안 개구리처럼 살았던 내가 이 드넓은 미국 땅에서 경험하고 배우고 여러 나라의 친구들과 선의의 경쟁을 하면서 나를 발전시킬 기회를 얻었다는 것에 더욱 더 의의를 둔다.

내가 지금 수능 준비하는 학생들에게 하고 싶은 말은 절대 대학으로 남은 인생 전체를 흔들지 말라는 것이다. 좋은 대학을 가기 위해 수능 점수를 높이는 것이 나쁘다는 말이 아니다. 꼭 유학을 가라는 것도 아니다.

다만 수능이라는 첫 번째 기회를 잡지 못했다고 해서 남은 기회들마저 포기해버리지 말라는 것이다.

우리는 이것을
'The Second Chance'라고 부른다

이충헌(일리노이 공과대학 석사 합격)

당신은 일을 하는 데 있어 총명해질 필요가 있지만 그렇다고 그것이
가장 중요한 것은 아니다. 가장 중요한 것은 그 일을 잘 해내고 싶다는
스스로에 대한 동기부여이다.
엘프리드 G. 길먼

내가 공부의 묘미를 느끼게 되었을 때가 언제일까? 아마 대학교 2학
년 때부터일 것이다. 고등학교 때 난 공부를 잘하지도 못하지도 않는
그저 중간 정도의 평범한 학생이었다.

지금 고등학생 시절을 돌이켜보면 그땐 참 공부하는 방법을 몰랐다
는 생각이 든다. 가끔 '조금 일찍 공부하는 방법을 알게 되었다면 어떻
게 됐을까?' 하고 생각한 적도 있다. 하지만 내가 만약 더 좋은 성적을
얻어 강릉대가 아닌 다른 대학교를 갔다면 내 인생의 두 번째 기회는
아마 없었을 것이다.

내 대학 생활은 대학교 2학년 때부터 시작되었다고 할 수 있다. 군
제대 후, 나 자신을 새롭게 바꾸기 위해 어떤 계기를 원하고 있었을 때

조명석 교수님을 만나게 되었다(우리 학과는 2학년 때 교수님들과 개별 면담을 한다).

의례적인 상담이라고 생각했던 난 교수님 방에 들어가기 전까지 그 순간이 내 인생의 전환점이 될 줄은 꿈에도 몰랐다. 교수님은 나의 꿈에 대해 물었고 유학에 대해서 말해주면서 나에게 유학을 권하셨다. 그때 당시 강릉대학교를 졸업해서 유학을 간다고 한다면 그저 허황된 꿈으로만 생각했던 시절이었지만 나에게는 다르게 느껴졌다. 정말 아무것도 보이지 않는 캄캄한 동굴을 벗어나기 위해 힘들게 돌아다녀 겨우 찾아낸 한 줄기 빛을 발견했을 때의 느낌이랄까!

나에게는 새로운 충격이었고 다른 사람들이 불가능하다고 느낄 때 나에게만은 가능한 이야기로만 들렸다. 교수님 방을 나온 후 나에겐 확실한 목표, 아니 꿈이 생겼고 빨리 집에 가서 부모님께 내 꿈을 알려드리고 싶어서 오후 수업이 끝나자마자 집에 가서 부모님께 교수님 방에서 있었던 모든 일들을 말씀드렸다.

이야기를 하나하나씩 전해드릴 때마다 부모님께서는 걱정하시기보다 오히려 매우 흥미롭게 생각하셨고, 흔쾌히 내 의견을 승낙해주셨다. 모든 것들이 마치 날 위해 미리 준비해놓았던 것처럼 순조로웠다.

우리는 수업시간에 교수님들을 통해 유학에 관한 얘기뿐 아니라 자기 자신의 가치를 높이기 위해 지금부터 노력해야 한다는 이야기를 항상 귀에 못이 박히도록 들었다. 교수님들의 노력에 의해 같이 수업을 듣던 동기들과 후배들의 닫혔던 마음들이 열리기 시작했고, 점점 자신의 꿈을 찾기 위해 노력하기 시작했다.

하나보다는 둘이, 둘보다는 셋이 좋다. 유학을 준비하는 친구들이 많아지면서 서로에게 힘이 되었고 서로간의 보이지 않는 경쟁심들이 누구 하나 낙오되지 않는 튼튼한 안전줄이 되었다.

학과 수업은 많은 것들을 요구했고 우린 그것들을 채우기 위해 많은 시간을 투자했다.

"새벽 2시는 기본!"

어느 순간 이런 말들이 당연하게 느껴졌다. 모든 과목이 시험을 저녁 7시에 본다는 것은 한마디로 자신의 개인 시간을 희생해야 한다는 의미였다. 처음엔 불만도 많았고 힘들다고 투정 아닌 투정도 부렸지만 교수님들은 단호했다.

차츰 그런 면들에 익숙해지면서 전자공학과는 거의 우리들의 집이 되었다. 나도 집에 있는 시간보다 학교에서 공부하는 시간이 더 많아서 마치 집에서 하숙하는 기분이 들었을 정도다. 이렇게 우리는 3년이란 시간을 보냈고, 우리도 모르는 사이에 남들과 비교해도 전혀 위축되지 않을 정도의 실력을 갖추게 되었다.

3년이란 시간 동안 열심히 노력한 결과 우린 14명이 미국 명문대학교 대학원에 합격을 하게 되었다. 남들이 불가능하다고 했던 것을 우린 가능하게 만든 것이다. 그리고 미국 유수의 대학원에서도 우리의 능력을 인정해줬다는 사실이 많은 것을 시사해준다고 생각한다.

주변에서 대학 생활을 참 재미없게 보낸다는 말을 하던 사람들도 이제는 우리들을 인정해주었기 때문에 우리 노력의 가치가 더욱 빛나고 있다.

난 지금의 나의 모습에 만족하지 않고 1년을 다시 준비하고 있다. 1년이란 시간은 어떻게 보면 짧은 시간이지만 충분히 나를 더 가꿀 수 있고, 그만큼 더 좋은 결과를 얻을 수 있다는 자신감이 있기 때문에 내린 결정이다.

인생에 있어서 기회란 그렇게 많이 오지 않는다. 한국에서는 특히 수능시험이 첫 번째이자 마지막 기회로 많이 인식된다. 하지만 새롭게 도전하는 사람에게 하늘은 인생의 또 다른 기회를 준다. 그것도 첫 번째보다 더 좋은 기회를!

우리는 이것을 'The Second Chance'라고 부른다.

코리아 풀(Korea Pool)에서
글로벌 풀(Global Pool)로!

김종현(델라웨어대학 박사과정)

연구작업은 작은 과제에서부터 시작된다. 과제 하나를 해결하면 또 다른
중요한 문제를 해결할 수 있는 조건이 형성된다. 그렇게 눈덩이를 굴리듯
계속하다 보면 장기적으로 세웠던 목표가 눈앞에 서서히 다가오게 될 것이다.
피터 브라이언 메더워

나는 어려서부터 시골에서 자랐기에 대부분의 아이들처럼 주위에는
교육적이라고 할 만한 환경이 없었다. 공부에는 눈곱만큼도 관심이 없
었고 온 동네 아이들과 달리기 시합, 칼싸움 그리고 산에 올라가 나무
위에 집을 지으면서 놀았으니 유년시절은 정말 소박한 편이었다.

고등학교에 진학하고 나서 대학을 가기 위해 2학년 때부터 본격적
으로 공부하기 시작했다. 그러나 어렸을 적부터 체계적으로 교육을 받
지 못한 상태에서 치러야 하는 수능시험은 나에게 커다란 벽처럼 느껴
졌다. 아무리 노력해도 단 2년 동안 그 벽을 허물기란 불가능했다. 결
국 강릉대학교에 추가합격자로 간신히 입학하게 되었다.

대학 2학년 때부터 교수님들의 체계적인 교육과정에 적응해 전공

공부를 하면서 진짜 자신의 공부를 시작할 수 있었다. 이전까지 해 왔던 공부는 대학을 가기 위한 공부, 시험을 잘 치르기 위한 공부였으나 이때부터는 내가 진정 하고 싶은 공부로 변모했던 것이다. 그 결과 내 평생 처음으로 공부 1등이라는 영예를 얻고 졸업을 하게 되었다.

학부 시절 여러 교수님들과의 면담을 통해 유학은 바로 내 인생에서 제2의 기회로 찾아왔으며, 코리아 풀에서 글로벌 풀로 나아가 내 실력을 마음껏 발휘해보고자 하는 꿈을 가질 수 있었다.

그런 와중에 국가에서 실시한 BK21 사업의 장학금 수혜자로 해외 단기연수를 할 수 있는 소중한 기회를 얻었다. 그때 스탠퍼드대학, 버클리대학 등 유명한 대학을 방문했고 그곳의 학문적 분위기와 연구 시설에 깊은 인상을 받았다.

미국에서의 단기연수를 통해 유학에 대한 열망을 더욱 굳혀 갔고 여러 교수님들의 지도하에 본격적으로 유학을 준비하게 되었다.

유학을 떠나기 직전까지 유학을 준비했던 과정과 유학을 하고자 했던 후배들과 함께 한 그 시간들은 지금도 좋은 추억으로 남아 있다. 그때 총 4명이 함께 그해 입학을 위해 유학을 준비했었고, 한방에서 동고동락하며 서로를 독려해주었다. 유학 결심부터 영어 시험을 통과하고 외국대학원 선정 및 신청에 이르기까지, 그리고 국내 여러 장학기관에 장학금을 신청하는 모든 단계에서 학과 교수님들의 지도가 매우 큰 도움이 됐으며, 우리 스스로도 서로 도와가며 한 단계씩 밟아 나갔다.

어느 정도 마무리 단계가 되었을 때 교수님들의 권유로 우리는 유학을 희망하는 후배들을 위해 그때까지 해왔던 모든 정보를 정리해 자료로 만들었다. 그뿐만 아니라 일주일에 두 번 정도 후배들과 만나 영어 시험을 통과하기 위한 학습방법과 유학을 어떻게 준비해야 하는지 알려주며 교제하는 시간을 가졌다. 이런 시간들을 통해 나도, 또 우리 후배들도 계속해서 좋은 성과를 얻을 수 있었다.

모든 유학 준비 과정을 마치고 드디어 2003년 8월 16일, 나의 유학 생활이 시작되었다. 참 감사하게도 한국과학재단에서 실시한 장학프로그램에 합격한 덕분에 석사과정 2년 내내 금전적인 어려움 없이 열심히 공부할 수 있었다.

또한 미국 교수님들의 수업방식이 학부 때 교수님들의 수업방식과 놀라울 만큼 흡사했기 때문에 공부하기도 수월했으며, 뿐만 아니라 학부 때 체계적으로 배운 전공 지식이 큰 도움이 되었다. 그 결과 석사과정 동안 전 과목에서 모두 A학점을 받았다.

여러 나라에서 온 유명대학 출신 유학생들과 경쟁하면서 맺은 결실인 걸 보면 이는 학부 때 배운 교수님들의 교육지침이 세계 어디에 내놓아도 손색이 없음을 증명해준다고 생각한다.

석사과정을 마친 후 현재는 박사 2년차 과정에 있다. 연구 장학생(Research Assistantship)으로 연구하고 있으며 올해 박사자격시험(Qualifying Exam)을 통과한 상태다.

바라기는 앞으로 2년 동안 깊이 있는 연구를 거듭해 박사로서 충분한 자질을 갖춘 후 학위를 취득하는 것이고, 그 다음 5년 동안은 미국의 기업체나 연구소에 근무하면서 학교에서 연구했던 분야가 실제 산업에서는 어떻게 구성되고 구현되는지 분석하고 습득해서 더 나은 구체적인 연구를 수행할 것이다.

그 후 장기적인 목표는 인재 양성과 평생 연구를 통해 국가발전에 밑거름 역할을 하는 교수가 되는 것이다. 이 꿈을 현실화하기 위해서 전력을 다할 것이다.

고등학교 수험생과 대학생들에게 선배로서 말하고 싶은 것은 수능 점수가 결코 자신의 모든 인생을 좌우하는 것이 아니라는 것이다. 내가 목표로 하는 대학에 가지 못한다고 해서 삶도 패배한 것이 아니라 어느 곳에 있든 새로운 마음자세로 노력하면 반드시 새로운 기회가 찾아온다는 것이다.

딴따라 대학생에서
미국 명문대학원생으로

김동욱(폴리테크닉대학 석사과정)

개인은 계속되는 변화를 통해 자신에게
주어진 정체성을 극복함으로써 새로운 자아를 생성시킬 수 있다.

발라디르

수능 400점 제도가 처음 시행되던 1997년 초, 수능 상위 30퍼센트 남짓의 성적이던 난 네 개의 대학에 복수지원하여 네 곳 모두에서 합격증을 받았다. 대단해 보이지만 네 곳 모두 소위 명문대가 아닌 지방 국립대와 사립대였다.

그 네 곳의 대학 중에서 내가 선택한 곳이 집과 가장 가까웠던 국립 강릉대학교였다. 소위 명문대를 못 가는 입장에서 나머지 지방대학의 작은 서열은 중요하지 않았다. 그저 집에서 가장 가까운 강릉대학교가 내겐 가장 좋은 학교였던 것이다.

입학 후 학기 초부터 난 학과 생활과는 거리가 멀었다. 전자공학과를 선택해서 입학했지만, 전자공학을 선택한 뚜렷한 동기가 없었다.

150

그렇게 동기와 학업 의식이 없던 난 학교 록 그룹사운드의 오디션을 통과하여 음악의 세계에 빠져 들었다. 말 그대로 먹고 대학생 생활이 었다.

수업은 나가는 날보다 빠지는 날이 더 많았으며, 시험 보는 날 답안 지엔 이름 석 자와 학번만 달랑 쓰고 나오는 것이 내 초기 대학 생활의 전부였다. 그렇게 1년 반이 흘러 입대하기 전까지 3학기 동안 내가 강릉대학교에서 얻은 것은 학사경고 2회와 4.5 만점에 1.5도 채 안 되는 형편없는 학점, 그리고 록 그룹사운드에서의 경험이 전부였다.

2001년, 예전의 아둔했던 생각들을 많이 고쳐먹고 나름 성숙한 마음 가짐을 갖고 복학을 했다. 학과는 예전과 많이 달라져 있었다. 학부제로 변화되어서 신입생도 많아졌고, 여학우도 많아졌다.

군대 가기 전 학과 생활을 거의 하지 않았던 난 학과 생활을 누구보다 열심히 하고 싶었다. 교수님들과 만날 기회도 별로 없던 내가 점점 교수님을 만나게 된 계기도 3학년 때 학과 학생회장에 선출되어 학생회를 이끌면서부터였다.

당시 학과에서 몇몇 선후배가 미국 유학을 준비한다는 소문을 들어서는 알고 있었지만, 나조차도 확신이 서지 않아 그냥 '그렇구나' 라는 식으로 넘어갔었다. 그러던 어느 날 조명석 교수님이 방으로 나를 부르셨다.

교수님은 '네가 복학한 후 학과 생활도 열심히 하고 학생회도 잘 이끌어가는 것을 보니 공부도 열심히 하면 잘할 것 같다' 며 내게 유학 준비를 권유하셨다. 그리고 당시 준비 중이던 몇몇 학생들의 발전 상황에 대해서 말해주셨다. 하지만 나의 대답은 '아니요' 였다. 유학이라니? 내가? 말도 안 되는 소리였다.

난 그때 다른 내 또래 친구들처럼 공무원 준비를 하겠다고 말씀드리고 교수님 방을 나왔다. 복학 후 처음으로 겨우 학점 2.5를 넘어본 나에게 유학이란 그냥 꿈같은 이야기고 또 준비할 엄두도 나지 않았었다. 당시 나의 목표는 남들 다 받아보는 A학점과 평점 3.0을 한 번 넘어보는 것이 전부였었다.

학과 생활에 충실하며, 전공 공부에도 점점 심혈을 기울일 즈음, 한 교수님의 칠판 메모가 나를 자극하기 시작했다. 그 교수님은 수업시작 전에 가끔 칠판에 '550'과 '3.5'라는 숫자를 적고 열변을 토하셨다. 교수님 말씀은 토플점수(PBT) 550점에 학점 3.5가 넘으면 미국 명문대학원에 진학할 수 있다는 것이었다. 지방대 학생이라고 좌절하지 말고, 지금 하는 수업에 충실하고, 전공 분야에 대한 관심을 늘리며 영어 성적을 꾸준히 올리면 누구나 할 수 있다는 것이었다. 현재 학교에서 배우는 것을 모두 소화하면 미국에서도 충분히 가능하다는 말씀이셨다.

그렇게 교수님의 열변이 시작되면 대부분의 학생들은 '또 시작이다', '아니 저게 가능해?'라는 푸념들을 쏟아내곤 했었다. 초반엔 나 또한 그 푸념쟁이들 중 한 명이었다(후에 느꼈지만, 학부 때 배운 전공지식이 미국에서 그토록 큰 도움이 될 줄은 몰랐다).

그렇게 시간이 흘러 4학년 1학기가 되었다. 이제 슬슬 졸업을 준비하고, 취업도 준비해야 하며 성인으로 사회구성원이 될 준비가 되어 있어야 할 상황이었다. 그에 반해 나에게 준비된 것은 너무나 초라했다. 정규 토익 시험 점수 하나 없고, 학점 총점은 4.5 만점에 겨우 2.3

이었다. 순간 눈앞이 막막해졌다.

그날 바로 난 열변을 토하시던 왕보현 교수님을 찾아갔다. 영어시험이라고는 학교에서 보는 모의 토익 한 번이 전부고 학점이 3.5는커녕 2.5도 안 되는 내가 '유학을 가고 싶습니다' 라고 말씀 드리기가 얼마나 쑥스럽고 어려웠는지 아마 잘 모를 것이다. 그러나 난 말씀드렸다. "교수님, 공부 한번 해서 저도 명문대학원에 진학해 전자공학 공부를 깊이 하고 싶습니다"라고.

나의 돌출 행동에 교수님의 반응이 너무나도 뜻밖이었다. 너무나 반가워하며 너도 충분히 할 수 있고, 그리고 해낼 것이라고 말씀하셨다. 단, 네가 지금 가진 것을 버릴 줄 알아야 한다고 덧붙이셨다. 처음엔 버려야 할 것이 뭔지 몰랐었다. 그러나 그걸 알게 되는 데는 그리 오랜 시간이 걸리지 않았다.

만날 놀고먹은 대가로 가지고 있던 낮은 학점, 날씨 좋으면 수업에 들어가지도 않고 교정 잔디밭에 둘러 앉아 마시던 막걸리, 내 모든 스트레스를 날려주던 록 그룹에서의 신나는 연주 등등 내겐 버릴 것이 너무 많았다.

이후 나는 목표를 이루기 위한 노력에 온 힘을 기울였다. 주변에서 걱정하는 눈빛으로 바라보는 시선도 많이 느꼈다. 그냥 졸업해서 공무원 시험 준비를 하라는 말도 많이 들었다. 하지만 난 그런 충고나 반응에 아랑곳하지 않고 과감하게 졸업도 1년이나 미루고 매 학기 수강신청 허용 최대 학점과 졸업 전 겨울방학까지를 포함한 계절 학기를 다 듣고서야 3.5정도의 성적을 만들 수 있었다.

당시에는 공부가 너무 재미있었다. 누구나 그렇게 하는 것이 정상이고 다들 그렇게 하는 게 당연하지만 난 그러지 못했기에 더더욱 재미있었다.

중간 중간 힘든 일들이 많았지만 그럴 때마다 든든한 교수님들이 잘 이끌어주셨다. 조금이라도 마음이 흐트러질 것 같으면 귀신같이도 교수님들이 먼저 알아차리고 면담을 해주시곤 했었다. 학과 교수님들과의 면담처럼 내게 큰 힘이 되는 것은 없었다. 당시엔 그런 교수님들의 격려로 힘든 하루하루를 버티었다.

그렇게 전공 공부와 토플 공부, 그리고 GRE 공부에 열중하며 힘든 시간을 보내고 있을 때 먼저 준비하던 몇몇 학생들이 모두 미국 대학원에서 합격통지서를 받게 되었고, 그 세 명 중 두 명은 과학기술부로부터 연간 3만 달러라는 장학금까지 받는 미국행이 이루어졌다. 그때 그것을 보면서 나도 할 수 있다는 생각이 더욱 확고해졌고, 더더욱 노력에 박차를 가했다.

미국 명문대학원에 진학했다고 해서 다 성공하는 것은 아니다. 단, 내가 생각해보건대 내 자신이 변화하지 않았을 때 모습을 떠올려보면 현재 내가 가지고 있는 또 다른 꿈과 능력과 가치관 모두가 글로벌화되고 강하게 변하였다는 것이다. 지금 만약 자신은 공부와 멀다고 느끼고 좌절감에 빠져있는 후배들이 있다면, 꼭 전하고 싶다. '지금부터 시작하라'고 말이다.

절대로 늦은 것은 없다. 나의 경우 군복무에 학부를 1년이나 더 다니고 유학을 왔지만 나와 같이 입학한 동기생들 중에서 내가 가장 나이가 어렸다. 한국 대기업에서 근무하다 오는 경우 혹은 한국에서 대학원을 마치고 오는 경우 등등 유학을 통해서 자기 발전을 하려는 사

람들이 많다는 것을 알았다. 고등학교 때 공부를 못했다고, 현재 학부
에서 성적이 안 좋다고 해서 좌절할 필요가 전혀 없다. 지금부터 시작
하면 되니까.

대기업 취업의 꿈을 이루다

윤지연(콜로라도대학 석사 졸업, 삼성전자 근무)

매순간을 즐겁고 유용하게 보내야 한다. 일생을 헛되이 보내지 않으려면 자신이
할 수 있는 일을 찾아 최대한 몰입해야 한다. 스스로 그렇게 하도록 끊임없이
다독여야만 삶에서 즐거움과 행복을 느낄 수 있다.

마리 퀴리

얼마 전의 일이었다. 한 시사 프로그램에서 서울과 강원도 시골 고
등학생의 대입준비에 관해 비교한 것을 보았다. 서울의 고등학생은 방
과 후에 영수 학원을 포함하여 논술 학원까지 다니고 있었고, 강원도
의 고등학생은 마땅한 사교육 시설도 없이 그저 스스로 할 수밖에 없
는 환경에서 공부하고 있었다. 물론 개인차가 있겠지만 이런 시스템과
환경의 차이는 언젠간 커다란 차이를 나을 것이라는 것은 누구라도 예
측할 수 있을 것이다.

나는 교육환경이 열악한 강원도 어느 지방에서 태어났다. 수도권 지
역 아이들이 여러 학원을 다니며 공부를 할 때 나와 친구들은 그저 학
교 공부만을 하면서 중고등학교 시절을 보낼 수밖에 없었다.

나는 점점 공부에 소극적이 되어 갔고 수능 성적도 평범하게 나왔다. 수도권으로의 대학 진학은 생각조차 하지 않았고, 이공계가 나중에 취업하기 좋을 것이라는 담임선생님의 권유로 전기전자공학부를 선택하게 되었다. 집에서 가까운 곳인 강릉대학교로 진학을 하게 되었다.

학부로 진학한 뒤에 내 적성과 가장 맞는 전자공학과를 선택하게 되었고 전공 공부에 최선을 다했다. 언젠간 내 전공을 살려서 멋진 엔지니어가 되겠다는 꿈을 갖고 있었고 그 꿈이 실현될 것이라는 것을 믿어 의심치 않았다.

하지만 그 꿈은 이루어지기 힘든 것이라는 것을 선배들을 통해서 조금씩 알게 되었다. 지방대 출신이라는 것은 보이지 않는 장벽을 만들었고, 그 장벽을 뚫기란 하늘에서 별 따기처럼 어렵다는 것을 알아갔다.

많은 고민에 휩싸였다. 남들처럼 공무원 시험 준비를 할 것인가, 아니면 작은 회사에 취직을 해야 할 것이냐를 놓고 고민했지만 쉽게 결론짓지 못했다. 나는 내 전공과 관련된 곳으로 취업하고 싶었고 기왕이면 대기업을 원했다. 한참 고민할 시기인 3학년 여름방학에 BK21 지원으로 한 달간 캐나다 어학연수의 기회를 얻게 되었고 그곳에서 넓은 세상을 볼 수 있었다.

자유롭게 공부하는 모습과 훌륭한 교육 시설들을 보며 막연하게 그곳에서 공부를 해보고 싶다는 생각을 하게 되었다. 하지만 나에게 유학이라는 것은 단지 뜬구름과도 같은 것이었다. 답답한 마음에 교수님과 상담을 하게 되었고 그 과정에서 유학과 관련된 많은 이야기를 들을 수 있게 되었다.

유학을 하게 되면 내가 얻을 수 있는 것은 너무 많이 있었다. 일단 내 가치를 상승시킬 수 있고 또한 내가 원하는 일을 할 수 있었다. 하지만 쉽지만은 않은 일이었다. 우선 학비가 가장 문제였다. 부모님은 그 많은 유학경비를 감당할 수 없다며 반대를 하셨다. 불행 중 다행이 었는지 당시 한국과학재단에서 지원해주는 장학금이 있었는데, 그것을 받는 것을 목표로 유학 준비를 하기 시작했다.

전공 성적과 공부에서는 문제가 없었다. 영어가 문제였다. 그 동안 영어란 존재를 손에서 놔버린 지 오래였다. 나와 같이 유학을 준비하고 싶은 학생들이 많이 생겨났다. 하지만 모두들 어떻게 무엇부터 시작해야 하는지 막막해했다. 유학 준비를 도와주는 유학원이나 어학원들이 수도권에는 있는 것 같았지만 지방에는 제대로 된 시설조차 없었다.

갈 곳을 모르고 헤매고 있는 우리들에게 교수님들은 큰 조력자가 되어주셨다. 이미 유학 준비와 생활을 경험해보신 교수님들의 조언은 우리들에게 큰 도움이 되었다. 영어 준비부터 학교에 입학신청서를 내는 그 순간까지 교수님들의 도움은 끊이지 않았다.

쉽지만은 않았다. 하지만 그럴 때마다 선배 동기들이 많이 위로해주었고 같이 노력해 갔다. 대학원의 합격통지를 받고 또 몇 달을 준비해 장학금을 신청했다. 초조한 기다림 끝에 장학생이 되는 큰 성과를 얻게 되었다.

기대 반 두려움 반으로 미국행 비행기에 몸을 실었다. 열 시간이 넘는 비행시간 중에 많은 것이 생각났다.

'과연 내가 미국에서 잘 해낼 수 있을까? 적응 못하고 한국으로 다

시 돌아가는 건 아닐까?'

하지만 나는 내가 한국에서 준비하던 그 마음가짐으로 못할 것이 없을 거라는 교수님들의 말씀을 기억하며 미국 땅에 발을 디디게 되었다.

미국에 도착한 지 2주 정도 뒤에 본격적인 학기가 시작되었다. 빠듯한 학비 때문에 랭귀지 코스는 듣지 않고 바로 전공수업을 듣기 시작했다. 첫 학기에는 적당한 레벨의 과목을 선택했다. 수업을 따라가는 데는 문제가 별로 없었다.

가장 문제가 되는 것은 영어였다. 예습과 복습으로 간신히 수업을 따라가긴 했지만 수업 내용을 반 이상 알아들을 수가 없었다. 강의내용을 녹음하고 다시 듣기를 반복했다. 지나쳤던 내용들, 중요한 내용들을 다시금 정리할 수 있었다.

눈코 뜰 새 없이 바쁘게 2년이라는 시간이 지나갔다. 다양한 사람들을 만나고 새로운 문화 속에서 생활하며 내가 원하는 공부를 할 수 있었던 그 2년이라는 시간은 나에게 있어 아니 내 전 인생에 있어서 가장 소중하고 의미 있는 시간이었다.

2년 동안 미국에 있으면서 많은 한국의 대기업들이 리쿠르트를 오는 것을 볼 수 있었다. 그들은 해외 인력을 한국으로 끌어가기 위해서 많은 투자를 하고 있었다. 특히 석사급 이상의 인력들은 큰 장애 없이 자신이 원하는 대기업을 마음껏 골라 들어갈 수 있었다. 학부 시절 불가능할 것만 같았던 대기업 취업을 이룰 수 있게 되는 것이었다.

얼마 전 나는 삼성전자에 취업을 했다. 입사 교육을 받으면서 많은 동기들을 만날 수 있었다. 물론 그들은 이름만 대면 다 알 수 있는 대학을 졸업한 사람들이었다. 그들과의 대화에서 난 많은 것을 알 수 있었다. 우리 지방대 학생들에게 그렇게 좁기만 했던 취업의 문이 그들에겐 넓게 열려 있다는 것이었다. 더욱 화가 났던 것은 그들에 비해 우리 지방대학 학생들이 뒤질 게 없다는 것이었다. 다만 대학간판으로 인해 기회 자체를 받지 못하는 현실이 안타까웠다.

또 하나 느낀 점은 우리는 정말 중요한 정보들을 많이 알지 못한다는 것이었다. 아직 대기업에 나가 있는 선배들이 많지 않기 때문일 수도 있지만 취업 관련 정보가 너무 부족한 실정이다.

실례로 모기업에 취업을 하기 위해선 영어 성적과 학점이 어느 정도 유지가 되어야 하고 공채 기간은 언제이고 또한 요구하는 자격증이 무엇인지는 정말로 관심 있는 학생이 아니고서는 알 수가 없는 정보였다. 물론 나도 몰랐던 정보였다. 우린 이렇게 그들에게 애초부터 뒤지고 있는 것이었다.

나는 내 후배와 동기들에게 이런 부탁을 하고 싶다. 우선 자신의 목표를 뚜렷하고 분명하게 정해라. 또한 그것을 이루기 위한 과정들을 자세하게 정리하라. 정리한 뒤에는 그것을 어떻게 언제까지 이룰 것인가를 계획하고 또 실천하라.

안 될 거라는 생각은 아예 하지 마라. 그런 생각을 가진 그 순간부터 우리는 패배자가 되는 것이다. 결과에 너무 집착하지 마라. 자신이 원하는 결과를 얻지 못하게 되더라도 그 과정에서 이미 많은 것을 얻게 될 것이다. 그리고 끊임없이 노력한다면 언젠가는 그 목표를 이루게 될 것이다. 세상에는 지름길만이 있는 것이 아니다. 마지막으로 자기 자신에게 떳떳해질 수 있도록 노력해라.

　아직 나도 내가 원하는 것을 다 이루지는 못했다. 그렇기 때문에 요즘도 앞으로 내 미래를 위해서 무엇을 어떻게 해야 할지 고민하고 있다. 아마도 내 인생이 끝날 때까지 이런 노력을 계속해야 할 것이다.

세상은 정말 넓습니다

최국헌(폴리테크닉대학 석사과정)

장애물을 만나면 이렇게 생각하라.
'내가 너무 일찍 포기하는 것이 아닌가?'
실패한 사람들이 '현명하게' 포기할 때, 성공한 사람들은 '미련하게' 참는다.

마크 피셔

나는 평창고등학교를 졸업했다. 평창고등학교 하면 대부분 모를 것이다. 당연하다. 평창의 어느 동네에 사는 친구들이 저절로 가게 되는 그런 학교이기 때문이다. 평창초등학교를 졸업한 아이들이 평창중학교, 평창고등학교 순으로 가는 것은 너무나도 자연스러운 일이다. 그래서 당시 우리에겐 고등학교 배치 시험도 별문제가 되지 않았다.

세상이 어떻게 돌아가는지 그런 건 우리하곤 상관이 없었다. 특별히 잘하는 것도 딱히 없었고, 그냥 농구 좋아하고 친구들 좋아하고 놀기 좋아하는 그런 학생이었다. 그렇게 고등학교 3년이 지나고, 강릉대 전자공학과에 들어갔다.

1학년 때는 다른 친구들과 마찬가지로 학사경고를 간신히 면하고 군대에 갔다. 군대를 마치고 복학한 뒤, 남은 대학생활을 열심히 보내고 싶어 공부에 매달렸다. 뒤늦게 철이 든 것이다. 정말 열심히 했다. 아마도 고등학교 때 그렇게 했으면, 누구 말마따나 서울에 있는 대학교에 갔을지도 모르겠다.

공부를 열심히 하기는 했지만, 아직 뚜렷한 비전은 없었다. 그러다가 3학년이었던 종현 형, 종복, 그리고 구봉이를 알게 되었다. 자주 만나 얘기는 안 했지만 교수님들과 많은 접촉을 통해서 진로를 같이 상의하고, 논의하곤 했다.

그리고 그들이 유학을 준비한다는 걸 알게 되었다. 물론 그들이 정말 열심히 하고, 잘하는 사람들이라 잘할 거라고는 생각했지만 그들이 정말 유학을 갈 수 있을지는 의문이 들었다. 그리고 나의 3학년 말 그들은 해내고 말았다. 그것도 국가 장학금을 받고.

그것이 강릉대 전자공학과의 새로운 실험의 시작이라고 말하고 싶다. 그렇게 시작된 나의 유학준비는 만만치 않았다. 특히 전공과 함께 영어 공부를 하기란 정말 쉽지 않은 일이었다. 결국 4학년 토플 성적 미달로 1년을 재수하게 되었고, 2005년 USC에서 입학허가를 받고 미국 땅을 밟았다. 지금은 학비 문제로 폴리테크닉대학으로 옮기고, GA(Graduate Assistantship)를 받고 학교를 다니고 있다.

첫 학기 올 A학점과 함께 이번 학기도 GA를 받을 수 있게 되었다. 지금 돌이켜 보면, 학부 시절 교수님들에게 배웠던 많은 부분들이 큰 도움이 되고 있다고 생각된다.

이제 석사 두 번째 학기가 시작되고 있다. 이제부터 진짜 미국 유학 생활이 시작된다고 생각한다. 치열한 경쟁도, 힘든 코스워크도 다 받아들일 준비가 되어 있다. 앞으로 2007년의 박사자격시험을 목표로 계속 나아갈 것이다.

내가 미국의 대학원에 오게 될 거라고는 아무도 생각하지 못했었다. 부모님의 반대도 많았고, 주변에서도 걱정 어린 시선으로 바라보았다. 이루지도 못할 꿈, 애만 쓰다가 결국 실패하고 낙담할 거라 생각했다. 나를 잘 아는 사람일수록 특히 더 그랬다. 그렇게 온 유학이다.

나의 체험이 대학 진학에 실패했거나, 일명 스카이라고 불리는 대학들에 진학 못해서 자괴감에 빠진 사람들에게 도움이 될 수 있었으면 한다. 그들에게 말하고 싶다.

"정말 세상은 넓습니다. 넓게 세상을 바라보세요."

장학금으로 학비의 벽을 넘다

임구봉(델라웨어대학원 석사 졸업, 삼성전자 근무)

연구하는 사람들은 실망과 실패에 익숙해져야 한다.
그러나 실패도 잘만 분석하면 종종 성공의 길로 안내하는
유익한 경험이 될 수 있다.
알렉산더 플레밍

유학에 관한 이야기를 하기 전에 우선 나의 고등학교 시절 이야기부
터 해야겠다.

고등학교 시절 나는 다른 학생들과 마찬가지로 소위 명문대 입학을
목표로 삼고 밤늦은 시간까지 자율학습을 하며 똑같은 나날들을 보냈
다. 그러나 그런 시간들 속에서 한 가지 명확했던 사실은 전자공학을
공부해야겠다는 나의 신념이었다. 어린 시절 아버지가 들고 다니시던,
소위 '벽돌 아날로그 핸드폰'을 보며 전자공학의 매력에 푹 빠졌기 때
문이다.

시간은 흘러 고3이 되었으나 나의 실력은 명문대 입학의 기준에 못
미치게 되었고 실제 수능시험 결과도 서울의 명문대 입시 기준에 미달

되었다. 집안 형편으로 결국 국립대에 원서를 넣었고 많이 알려지지 않은 강릉대학교에 입학하게 되었다. 그 당시 강릉대에 입학할 수밖에 없는 나의 실력이 조금은 원망스러웠지만 전자공학을 공부할 수 있다는 기대에 부풀어 있었다.

고등학교 시절부터 그토록 원했던 전자공학을 공부하게 된 나는 대학 4년 동안 한 번도 강의를 빠지지 않을 정도로 열심히 공부하였다. 그런 노력으로 4년 동안 성적우수 장학금을 받을 수 있었고, 또한 내 인생의 전환점이 되는 BK21 주관 해외 연수 프로그램에 뽑힐 수 있었다.

대학 2학년 겨울방학 동안 나와 함께 선정된 몇 명은 미국 캘리포니아 주의 샌프란시스코대학과 LA의 스탠퍼드대학, UC 버클리, UCLA와 같은 미국 명문대들을 둘러보았다. 고풍스럽고 특색 있는 건물들과 넓게 펼쳐진 잔디, 자유분방하면서도 학업에 열중하는 학생들을 보며 나는 신선한 충격을 받게 되었다. 작은 우물 안에만 틀어박혀 있던 나의 사고를 깨워주는 좋은 경험이었다.

하지만 이 연수만으로 나의 유학을 결정짓진 못했다. 아무리 좋은 분위기와 시설을 갖춘 훌륭한 학교에 가고 싶더라도 헤쳐 나가야 할 많은 어려움들이 있기에 쉽게 유학을 결정할 순 없었다.

가장 큰 문제는 역시 비싼 학비였다. 1년에 드는 학비가 주립이라도 2천만 원에 육박했기 때문이다. 성적 장학금을 받지 못하면 당장 휴학을 해야 하는 나로서는 상상도 못할 비용이었다. 하지만 조명석 교수님이 국내에서 받을 수 장학금 소식을 알려주며 끊임없이 나를 설득하고 격려해 주셨고 나는 마침내 유학을 결심하게 되었다. 만약 유학에 실패하더라도 그 동안 쌓아 왔던 나의 노력이 헛된 것만은 아니라고 생각했고, 유학 실패로 1년 더 계획이 늦춰진다 하더라도 그건 나에게 좋은 경험이 될 거라 생각했기 때문이다.

대학 3학년이 된 나는 굳은 의지로 유학 준비를 시작했다. 학기 중에는 전공과 영어공부를 병행하기 위해 낮과 저녁에는 전공 공부를 하였고, 또 새벽과 자정 이후의 시간에는 TOEFL을 공부했다. 또한 더운 여름과 추운 겨울방학에는 교수님 주도하에 스터디 그룹을 결성하여 종일 도서관에서 같이 유학을 준비하는 동기들과 머리를 맞대고 그룹 스터디를 하였다.

시간이 지나도 TOEFL 성적이 잘 나오지 않아 나 자신뿐만 아니라 주위에서도 많이 실망하고 힘들어 했지만 포기하지 않고 서로를 다독이며 끝까지 노력하였다. 그리고 미국명문대 입학에 필요로 하는 영어 성적을 마침내 얻을 수 있었다.

4학년이 되어서 드디어 나머지 많은 서류들을 준비해서 여러 미국 명문대에 원서를 접수하였다. 하지만 학비 문제가 해결되지 않았기 때문에 나와 유학을 같이 준비했던 동기와 선배들은 과학기술부 장학사업에 지원하기로 하였다. 그러나 접수 전날까지 입학허가가 오지 않아 교수님들이 이메일로 미국에 확인하는 등 우여곡절 끝에 입학허가 메일을 받을 수 있었고, 간신히 과학재단에 원서를 제출하였다.

이렇게 힘든 고비를 넘기고 1차 서류 통과하고 면접을 본 뒤 최종 발표만 기다리고 있었다. 발표하기 전날 밤 같이 준비하던 친구와 밤새 이야기를 나누며 긴장과 초조함을 달래던 기억이 선명하다. 새벽이 지나 아침이 되어 과학재단 홈페이지에 올라 있는 합격자 명단에서 이름 석 자를 보며 나는 뛸 듯이 기뻤다. 꿈이 현실이 되는 내 인생의 큰 전환점이었기 때문이다.

그러나 기쁨은 거기서 그치지 않았다. 델라웨어대학과 워싱턴대학 (Washington University in St. Louis)으로부터 모두 입학 허가서를 얻 었던 것이다.

나는 여러 장단점을 비교해서 델라웨어대학에 입학하였다. 미국에 서의 대학원 생활은 정말 빡빡한 일정의 나날이었다. 유학생들이 흔히 하는 말 중에 이런 말이 있다.

"Full-time student란 full-time으로 homework 하는 학생이다."

모든 과목마다 과제와 프로젝트가 매주 주어져 한 주 내내 숙제와 프로젝트에 매달려야만 했고 대학원생이기에 자신의 연구도 그와 병 행하여 진행해야 했다.

강릉대학교 전자공학과 학생이라면 잘 알겠지만 나는 이미 미국 가 기 전에 그런 생활에 익숙해져 있었다. 우리 대학교 교수님들도 영어 원서로 미국 대학에서와 같은 방식으로 강의를 하셨다. 그래서 매주 많은 양의 숙제와 시험을 소화해내야 했었다.

그런 생활에 익숙해져서인지 미국 대학원의 수업 방식이 낯설지 않 았고 잘 적응해 나갈 수 있었다. 미국 대학원의 학생들은 미국인보다 는 주로 인도, 중국 및 기타 외국인들이 주를 이루었고 한국 학생들도 대부분은 우리나라의 서울대 등 내로라하는 대학을 졸업한 수재들이 었다.

비록 한국의 알려지지 않은 작은 지방대학을 졸업하였지만 그곳 교 수님들에게서 받았던 체계적인 전공수업과 자극들이 내게 큰 재산이 되었다.

　나는 현재 병역특례를 위해 삼성전자 정보통신 총괄 연구원으로서 애니콜 핸드폰을 개발하고 있다. 앞으로 나의 바람은 현재에 만족하지 않고 언제나 나 자신을 개발하고 노력하는 사람이 되는 것이다. 앞으로 남은 병역특례 기간 동안 회사 업무에 전념하여 회사에서 꼭 필요로 하는 인재가 되도록 노력할 것이다.

　과거의 나와 같은 처지에 있는 사람들, 그리고 미래를 위해 새롭게 도전하려는 후배들에게 하고 싶은 말이 있다면 자신에 대한 자신감을 가지라는 것이다. 현재에 대한 자신감 없이 미래에 대한 기대는 없다고 생각한다.

4장

우리는 학벌을 넘어 글로벌로 간다

신성욱(강릉대 전자공학과 석사과정 재학)

이충헌(일리노이 공대 석사과정 합격)

최미정(뉴욕주립대학교 버펄로캠퍼스 석사과정 합격)

이명재(강릉대 전자공학과 4학년 재학)

김영실(강릉대 전자공학과 4학년 재학)

김학권(강릉대 전자공학과 4학년 재학)

서동희(강릉대 전자공학과 4학년 재학)

사회자

아름다운 도전은 계속된다

- 유학 준비생들과의 인터뷰

희망은 단단하고 질긴 지팡이며, 인내는 여행가방이다
그들만 있으면 우리는 어떠한 여행길이라도 오를 수 있다
버트란드 러셀

고등학교와 입시, 그 지긋지긋한 관계

사회 반갑습니다. 여기 계신 분들은 모두 강릉대학교 전자공학과 학생들입니다. 이미 미국 명문대학원에 합격한 분들도 있고, 열심히 준비 중인 분들도 있는 걸로 압니다. 첫 질문에서는 시간을 조금 뒤로 돌려보고자 합니다. 고등학교 때 전반적인 생활은 어땠습니까? 지금과는 많이 다른 모습일 줄로 압니다.

김영실 일명 이해찬 1세대였어요. 온갖 매체에서 특기 적성 교육을 강조해 고등학교 1, 2학년 때는 봉사활동도 열심히 하고 동아리가 중

심이 된 생활이었습니다. 집에도 항상 일찍 귀가했고요. 덕분에 공부와는 거리가 멀어져서, 수학과 영어 성적이 일명 양가집 규수(성적이 양과 가)가 되는 데 일조했습니다.

그렇게 2년을 보내고 막상 3학년이 되니 특기 적성보다는 성적이 우선하더라고요. 그때는 학교에서 밤 11시 30분까지 거의 의무적으로 공부해야 했습니다.

어려서부터 부모님께서 초등학교 선생님이 되라는 말을 많이 하셔서 저는 그게 최고의 직업인 줄 알았어요. 그래서 선생님이 된다는 것에 대해 많이 생각해 보았지요. 그러나 확실하게 드는 생각은 초등학교 선생님은 되고 싶지 않다는 것이었습니다.

물론 고등학교 생활이 늘 불만스럽거나 안 좋았던 것은 아니지만, 어떤 면에서는 스스로 꿈도 꿀 줄 모르고, 굉장히 한심하게 생활을 한 것 같습니다.

이명재 1학년 때는 그래도 전교에서 50등 안에 들 정도로 열심히 했던 편입니다. 2학년부터 성적이 많이 떨어졌어요. 원하는 고등학교에 못 갔다는 패배의식도 갈수록 커졌고, 혼란스런 입시 제도에 대한 불만도 많았습니다. 물론 다 핑계에 불과했지만요. 아무튼 그 이후로는 시험 기간조차 공부를 거의 하지 않을 정도였습니다.

이충헌 저는 그저 입시를 준비하는 게 전부였던 것 같아요. 그것 말고는 아무런 목표도 없었죠. 그렇다고 공부에 흥미가 있었던 것도 아니라, 빨리 고등학교 생활을 끝마치고 자유를 찾고 싶은 생각뿐이었습니다.

김학권 저도 비슷한 것 같은데, 들어보면 대부분 그랬던 것 같습니다. 저 역시 한마디로 남들이 다들 공부하니까 해야 하는 단순한 과정이라고 생각했습니다. 미래에 대한 비전이나 꿈 같은 건 전혀 없었죠. 그저 열심히 공부하라는 선생님들이나 부모님의 권고에 밀려, 내가 정말 하고 싶은 게 무엇인지, 꿈이 무언지 몰랐습니다.

서동희 저는 공업고등학교를 나왔는데, 얘기를 들어보니 저는 조금 다른 케이스 같습니다. 일찍 사회에서 일하고 싶어 대기업 생산직에 취업률이 높았던 꽤 유명한 기계공업고등학교 전자과에 입학했으니까요. 그 당시 취업을 잘하려면 자격증이 중요해 1학년 때 이미 여섯 개의 전자관련 기능사 자격증을 취득했습니다. 그러다 3학년 때 IMF가 터져 취업이 어렵게 되자 수능을 준비했고, 강릉대학교 전자공학과에 들어오게 되었습니다.

어디를 가느냐보다 그곳에서 어떻게 하느냐가 중요한 것

사회 나름대로 심각한 시기였지만, 또 다들 비슷한 경험을 공유했던 것 같습니다. 꿈을 꾸지 못했다거나 꿈을 꿀 수 없었다는 얘기들은 개인의 문제만 같지는 않습니다. 강릉대학교 전자공학과를 선택하게 된 배경이 궁금합니다.

이충헌 저는 좀 단순하게……. 그러니까 수능시험에 실패하고 할 수 없이 선택한 길이었죠. 아버지께선 어중간한 수도권 대학에 가서 쓸데 없이 돈을 쓰느니 차라리 집 가까운 곳에서 공부하는 것이 더 낫다고 생각하는 분이었습니다. 학교는 중요하지 않다, 네가 그곳에서 어떻게 하느냐가 중요한 것이다, 이게 아버지의 지론이었습니다.

김학권 확실한 목표가 없었던 저와 달리 친구들은 나름대로 생각이 많았던 것 같았습니다. 더러는 좋은 대학에 들어가는 친구들도 있었 죠. 거기에 자극을 많이 받았습니다. 집에서 좀 멀리 떠나 새롭게 도전 하자, 이런 마음에 이 학교를 선택하게 되었습니다.

이명재 솔직히 우리나라 고등학생들 중에 구체적으로 자기가 대학교 에 들어가서 무슨 공부를 하게 될지 또 지원하는 과가 자신의 적성에 맞는지 정확히 알고 지원하는 학생은 많지 않다고 봅니다.
저도 제가 졸업할 당시 한창 이공계에서 인기가 있었던 분야가 정보 전자공학부였습니다. 개인적인 흥미나 뚜렷한 목표 없이 좋지 않았던 수능 점수에 맞춰 지원했습니다.

최미정 좀 구체적으로 말하면 IT산업의 발전 유망성과 취업 폭이 넓 다는 게 많이 작용했죠. 하지만 그때 이 학교 전자공학부를 선택했을 때의 마음과 학부 시절 뿌듯하게 공부하고 졸업한 지금의 심정은 많이 다릅니다. 어떤 이들은 이런 것을 로또에 당첨되었다는 것으로도 표현 하더라고요. 그 정도로 지금은 학부 체계와 교과과정에 굉장히 만족해 있습니다.

서울에 소재한 좀 더 나은 대학들에도 붙었었는데 그 곳에 안 가고 이곳 강릉대에 온 것이 인생을 길게 보았을 때 잘한 일이라고 생각합니다.

방향감각 없는 대학 생활은 자칫 삶의 블랙홀이 되기 쉽다

사회 어쨌든 대학을 가기 위해 다들 고생하고 노력했음에는 틀림없습니다. 다만 수능 성적과 대학 입학의 관계만 중요해지고 다른 가치는 소외되고 말았다는 얘기가 가슴 아픕니다. 입학하고 나서 대학이란 곳이 생각했던 것과 달랐던 점이 있나요?

김학권 처음 입학했을 때는 너무 혼란스러웠습니다. 새로운 것에 대한 기대감과 달리, 잦은 모임이나 술자리 때문에 나도 모르게 그런 분위기에 스며들었습니다. 공부를 하러 대학에 들어왔는지 놀려고 들어왔는지 분간이 안 될 정도였습니다. 마치 대학교 자체가 인생의 목표인 듯 보였습니다. 갑자기 방향감각이 상실된 것처럼 보인다고 할까요.

이충헌 원했던 대학이 아니어서 그다지 기대를 품어보지는 않았습니다. 입학하고 나서 전 그저 돌아다니고 싶었습니다. 특히 수업을 들어가지 않아도 뭐라고 하는 사람도 없으니 너무 좋았죠. 전 대학교 1학년 1학기를 마치고 군대를 갔기 때문에 특히 대학교 1학년 때의 생활은 그저 평범한 이탈생활이라고 말하고 싶습니다.

김영실 저는 그래도 낭만의 캠퍼스를 상상해보곤 했었습니다. 드라마 '카이스트'를 보며 학구적인 대학생활을 꿈꾸기도 했고요. 그리고 항상 고등학교 생활보다는 한층 업그레이드된 환경과 생활이 보장될 거라고 믿었습니다. 동아리도 들어보려고 많이 알아보았지만, 고등학교 때의 동아리가 워낙 잘 되어 있었기에 만족스러운 곳을 찾을 수가 없었습니다. 한편으로 꽉 짜인 수업시간에서 놓여나고 그 많던 과목도 없다는 데서 내가 대학에 왔구나 실감할 수 있었습니다. 또 고등학교에 비하면 지나치게 자유롭고 놀아야 할 명목이 많은 곳 또한 대학이었습니다. 정말이지 어영부영하다가는 아까운 청춘이 버려지는 곳이라는 생각이 들었습니다.

나도 할 수 있을까? 그래 해보자!

사회 자칫 대학생활이 전공과는 무관한 취업 준비를 하는 상황으로 변질되곤 합니다. 그런데 오히려 전공을 살리기 위해 전문성이 강한 대학원을 준비하는 사례는 갈수록 적어지고 있는 것 같습니다. 미국 명문대학원으로 유학을 결심하게 된 계기는 무엇입니까?

신성욱 지방대라는 약점을 어떻게든 극복해보고 싶었습니다. 같은 시간에 같은 노력을 하더라도 맨 처음 어떤 옷을 입고 뛰었느냐에 따라 모든 것이 결정되는 학벌 세태가 끔찍했습니다. 게다가 한국에서는 엔지니어가 제대로 된 대접을 받지 못한다는 것도 유학을 선택하는 계기가 되었죠.

취직을 앞두고 고민하던 차에 교수님과 면담을 통해 유학이라는 새로운 길을 알게 되었습니다. 취직을 위해 영어를 공부해야 한다면 차라리 국내보다 국외에 취직하여 엔지니어로서 자부심과 보람을 느끼며 생활하는 것이 낫겠다고 판단했습니다.

최미정 2학년 때 본격적으로 교수님들과의 면담이 있었습니다. 면담을 통해 수능이 끝이 아니다, 제2의 기회는 얼마든지 있다고 하시며 유학의 길을 제시해주셨습니다. 처음에는 망설이기도 했지만 항상 자신감을 불어넣어주셨고, 할 수 있다는 믿음을 심어주려고 애를 쓰셨습니다.

처음엔 그저 막연했던 유학에 대한 생각을 좀 더 구체적으로 보여준 것은 학과 선배님들이었습니다. 유수의 미국 대학원으로 진학한 선배님들은 가서 적응도 잘하고 학위 취득 후 좋은 곳에 취직도 잘되는 것을 보았습니다. 눈에 보이는 현실을 손에 잡을 수 있을 것 같았습니다.

김학권 역시 저도 교수님의 적극적이고 지속적인 자극을 통해 생각의 전환을 이룬 경우입니다. 2학년 전공을 공부하면서부터 교수님들은 저희와 많은 면담을 해주셨고, 친밀한 관심을 보여 주셨습니다. 그러한 분위기 속에서 공부에 대한 열정이 싹텄고, 유학이라는 새로운 세상에 도전하고 싶은 마음이 현실에 안주하고 싶은 마음을 눌러, 결국 유학의 길을 택했습니다.

이충헌 유학을 결심하게 된 계기는 군대 제대 후, 더 이상 부모님을 실망시키고 싶지 않았던 저의 마음에서부터 시작되었습니다. 전 군대에 들어가기 전까지 매우 골칫덩어리였고 항상 저를 믿어주셨던 부모님께 실망만 시켜드렸습니다. 군대에서 많은 생각을 했고 제대 후 뭔가 보여줘야겠다는 생각이 들었으며 나름대로 학교에 대한 욕심도 있어서 편입을 준비하기 위해 열심히 공부했습니다. 그리고 2학년이 되어서 조명석 교수님과 면담을 할 기회가 생겼습니다. 교수님과의 상담 후 전 유학이 그저 돈 많은 사람들과 아주 뛰어난 엘리트들만 간다는 생각에서 벗어났습니다. 자신감이 생겼습니다.

이명재 유학의 계기는 다들 비슷할 수밖에 없을 겁니다. 제대 후에 2학년으로 복학을 했을 때 교수님으로 부터 수업시간에 처음으로 유학에 대해 듣게 되었습니다.

그때까지 저는 학점도 나쁘고 전공도 적성에 안 맞는다고 생각해서 별 흥미를 가지지 못했지만 빡빡한 수업과 계속되는 시험들 사이에서 제가 점점 성장하는 것을 느꼈고, 정말 싫었던 전공과목들도 관심을 가지고 좋아하게 되었습니다. 실은 놀라운 일이었죠. 별 생각 없이 선택한 대학의 학과에서 적성을 찾았으니까요. 영어에는 어느 정도 자신이 있었던 저는 그런 장점을 살려서 유학을 결심하게 되었습니다.

김영실 고등학교 동아리 선배가 같은 과에 있었습니다. 친하게 지냈기 때문에 선배에게서 저희 과에 대한 이런 저런 얘기를 들을 수 있었습니다. 그래서 운이 좋게도 방학 때 영어 공부를 같이 하게 되었습니다. 처음에는 그냥 따라서 했기 때문에 열심히 할 수가 없었습니다. 그 후에 교수님으로부터 유학이라는 길에 대해 들을 수 있는 기회가 있었습니다.

말씀을 너무 열성적으로 해주셔서 그때는 정말 사이비 종교에라도 빠진 사람처럼 매료되었었습니다. 또한 내가 정말 할 수 있을지에 대한 의문이 너무 많이 들어서 혼란스러울 때도 있었지만 선배들이 유학을 가고 또 잘되었다는 소식을 들을 때마다 유학을 가야겠다는 생각은 더욱 확고해졌습니다.

나를 이기고 뛰어넘는 게 가장 힘들었다

사회 시작이 반이라는 말이 있습니다. 못해서가 아니라 안 해서 못하게 된다는 말도 있습니다. 일단 용기를 내어 시작한 유학 준비지만 많은 어려움이 있을 줄로 압니다. 유학을 준비하면서 어떤 점이 가장 어렵던가요?

최미정 저는 전공 공부가 다른 사람들보다도 힘들게 느껴졌어요. 학점 관리만 하는데도 신경이 꽤 많이 쓰이는데, 그것과 병행해서 미국 대학원에서 원하는 영어 스펙을 만들기 위해 영어 공부를 같이 병행했던 것이 힘들었습니다.

함께 준비하는 사람들이 없었다면, 교수님의 조언과 격려가 없었다면 금방 도중에 그만둘 법한 유혹도 많았습니다. 현실과의 타협으로 인해 자신감이 결여될 때가 많았는데 그게 가장 힘들었습니다.

김영실　당연히 영어라고 말하고 싶습니다. 중고등학교 때도 영어를 배웠지만, 정말 내가 필요하고 간절해서 공부를 해본 것이 처음이었습니다. 영어 책을 아무리 열심히 들여다보고 공부를 해도 기대한 만큼 성적이 오르지 않아 우울했습니다. 전공 공부는 그래도 따라 가겠다고 바둥바둥 거리니 할 수는 있어서 상대적으로 어렵지는 않았습니다.

이명재　가장 어려운 점은 전공 공부나 토플, GRE 시험이 아니었습니다. 교수님들과 난 시작부터 틀린데 정말 교수님들이 말한 대로 내가 해낼 수 있을까 하는 생각들 때문에 하루에도 몇 번씩 유학과 전공을 포기하고 취직할까 하는 생각 사이에서 고민했습니다.

서동희　저 역시 제일 힘든 것은 자기 자신과의 싸움이었어요. 저는 활동적이라 한 자리에 오래 앉아 있기 힘든 편입니다. 누군가를 만나고 어딘가를 다녀야 하는 성격이라 항상 열람실에 혼자 앉아 공부하노라면 어려움이 적지 않았습니다. 한 번도 해보지 않았던 일을 하려니 어려웠던 거지요.

고등학교 때보다 훨씬 더 많이 공부하는 대학

사회 어려움을 이겨나갈 수 있는 비결은 역설적이게도 따로 왕도를 찾지 않는 것이라고 합니다. 누구나 할 수 있는 '열심히'라는 말은 너무도 당연한 것 같지만 그만한 비결도 없다는 거지요. 도대체 하루 공부량은 어느 정도나 되는지 궁금합니다. 하루 일과를 공부와 관련해 소상히 말씀해주실 수 있나요?

이충현 특별히 확인해본 적은 없지만 보통 아침 9시에 나와서 새벽 2시까지 하는 정도는 기본이었습니다. 특히 2학년 때는 평소에도 많이 하지 않았던 공부량 때문에 이 모든 것을 소화하기 위해서 밤을 새는 일도 많았습니다.

주위의 다른 학과 친구들이 처음에는 저의 이런 모습을 보고 쓸데없는 짓이라고만 생각했었습니다. 하지만 저도 그렇고 동기들도 누구 하나 불평 없이 정말 즐기면서 했습니다.

이명재 2~3학년 때는 전공 수업이 많아서 강의가 없는 시간과 방과 후에 거의 하루에 4시간 이상 전공 공부를 했습니다. 때로는 정말 나의 실력을 쌓기 위해서 했고, 때로는 남들에게 뒤처지기 싫어서 공부했습니다. 공부를 안 하면 바로 그 순간 수업을 따라 갈 수 없게 되고 또 한두 번 더 되풀이되면 그 과목은 실패한다는 것을 알고 있었기 때문입니다.

김학권 정규 수업시간을 제외하고, 보통 하루에 6~7시간 정도 공부했고, 매일 시간계획표를 짜서 효율적으로 시간을 관리하려고 노력했습니다.

신성욱 학기 중에는 2~3시간을 영어에 투자하며 4시간 이상을 전공 공부에 투자하였습니다. 대략 8시간 정도 공부합니다.

서동희 학업량이 제일 피크일 때는 전공 심화가 제일 심했던 3학년 때였습니다. 저는 전공을 15학점을 수강했기에 평소 하루에 6시간 자면서 공부를 했었고, 시험기간에는 4시간씩 자면서 공부를 했었습니다. 시스템 프로그래밍 프로젝트를 하면서는 3일 밤을 새기도 했었습니다. 현재는 3학년 때처럼 하지는 않지만, 강의 시간 빼놓고 보통 7~10시간 정도 공부합니다.

김영실 지금은 4학년이라 하루 일과가 보다 한가하고 규칙적이긴 하지만, 정말이지 2~3학년 때는 지금 생각해도 어떻게 그렇게 생활을 했는지 의문스럽습니다. 2~3학년 때의 공부량은 그날그날 최대로 할 수 있는 만큼이었습니다.

저의 2~3학년 생활은 주말도 방학도 없었습니다. 문제가 풀리지 않을 때는 자다가도 벌떡 일어났을 정도였습니다. 학기 중에는 전공에 열중하고 방학에는 영어에만 전념했습니다. 시험기간이나 숙제 마감일에는 밤을 새우는 경우가 많았지요. 6시간 이상은 자본 적이 없습니다. 나머지 시간은 모두 전공이나 영어에 투자했습니다.

최미정 학기 중에는 전공 공부 위주로 학교 열람실 사용을 하면서 공부했습니다.

아침 9시에 출석체크를 하고 각자 수업을 듣고, 공강 시간엔 개인 열람실 자리에서 숙제나 기타 공부들을 하고, 대부분 저녁 9시 이후에 집에 갔습니다. 오후 8시쯤에도 출석체크 했지요. 삼진 아웃제를 실시했거든요. 저는 버스 막차 시간 때문에 10시까지 했습니다.

방학 중에는 6주 동안 영어 프로그램에 참가해서 학기 중과 마찬가지로 아침 9시부터 나와서 영어 수업 2시간 가량 듣고, 이후에는 각자 공부를 했지요. 온종일 영어 공부만 한다면 시간이 남지 않느냐고 하는데 그때는 시간을 쪼개 숙제하고 개인 공부 하는 데도 하루가 빠듯했습니다.

예를 들면, 9시에 오자마자 일단 단어 시험을 보고, 수업 2시간을 듣고 점심을 먹은 후에, 주어진 과제를 하고, 리스닝·문법·독해·라이팅까지 각 파트별로 따로 공부하다 보니 영어 공부에 드는 시간이 많았습니다.

서울의 유명한 학원을 다니고 싶기도 했지만, 그게 말처럼 쉽지는 않더라고요. 그래서 방학 6주 동안, 학교 프로그램에 열심히 참여해서 거의 영어에 올인 하다시피 공부했습니다.

처음엔 어려워도 나중엔 보약이 되는 원서 강의

사회 전공은 모두 원서 강의로 이루어지는 걸로 알고 있습니다. 영어에 대한 어려움들을 말씀해주셨는데 연관 지어서 듣고 싶습니다. 원서 강의가 처음에는 어땠고, 지금은 어떻게 적응하고 있는지 궁금합니다.

최미정 숙제를 하려면 다 읽고 뭔가를 안 상태에서 문제를 풀어야 했기에 처음엔 조금 답답하고 그저 빨리 숙제하고 싶은 마음에 번역본을 보기도 했습니다. 그러나 번역본 해석이 원서로 수업하시는 교수님의 어휘랑 다른 경우가 종종 있어서 더욱 혼란스러울 때도 있더라고요. 결국엔 원서에 점점 익숙해지면서, 물론 다 완벽히 이해하진 못하지만, 그때그때 수업시간에 보면서 체크하고 하다 보니, 나오는 단어에도 익숙해지고 교수님의 필기노트에 없는 말도 책에 보이고 하면서 어떨 때는 책 내용으로 수업시간에 이해 못했던 것들을 이해하게 되면서 시간이 걸리더라도 책은 꼭 읽으려고 노력하게 되었습니다.

이명재 저는 중고등학교 때부터 영어에 소질이 있어서 원서로 공부하는 데 큰 어려움은 없었습니다.

김학권 처음 영어로 된 원서를 봤을 땐, 해석하기 바쁘고 당황스러웠습니다. 하지만 시간이 지나면서 조금씩 전공 관련 단어들에 익숙해졌습니다. 영어 공부와 전공을 같이 하는 시너지 효과를 경험할 수 있었습니다.

이충헌 처음에 원서로 공부했을 때는 한 장 한 장 읽는 속도가 너무 느렸습니다. 그래서 밤을 많이 샜습니다. 특히 수업 방식이 원서를 읽지 않으면 문제를 해결할 수 없는 경우가 많아서 교수님께서는 저희가 원서를 더 많이 읽기를 유도하셨죠. 지금은 원어민 수준은 아니지만 편하게 읽는 정도는 됩니다. 필요한 내용도 골라서 읽을 정도로 능숙해졌고요.

하고 싶은 것도 배우고 싶은 것도 너무 많아요

사회 이제 내년이면 많은 분들이 미국 명문대학원으로 유학을 떠나게 될 텐데요, 유학을 가면 어떤 분야를 전공하고 싶습니까?

김학권 Circuit Design이나 이것을 무선통신, 레이더, 센서와 같이 연계하여 공부하고 싶습니다.

서동희 차세대 인기 분야이면서 미래 성장 가능한 통신 및 네트워크 분야를 전공하고 싶습니다. 관련 전공이 너무 어려우면 유학 기간이 너무 길어질 수 있고, 비성장 분야를 전공하면 유학 후에도 미래가 보장되지 않기 때문에 전공 분야 선택은 쉽지가 않습니다. 또한 존스홉킨스대학에 바이오메디컬 전공으로 입학하게 된다면 바이오메디컬 또한 제가 전공하고 싶은 한 분야이기도 합니다.

이충헌 전 VLSI Design 전공을 하고 싶습니다. Circuit 해석이나 문제 풀이에 매우 관심도 많고, 고도로 집적되어 있는 회로를 제가 만들

수 있다고 생각하면 저 자신에게도 참 보람을 느낄 수 있을 것 같습니다. 그리고 지금은 모든 전공들이 많이 연계가 되어 있기 때문에 전 VLSI Design을 이용해 Image Processing이나 그 밖의 응용을 하고 싶습니다.

이명재 디지털 신호 처리나 회로 설계를 공부하고 싶습니다. 두 과목 다 처음엔 정말 자신 없는 과목들이었습니다. 2학년 때 처음 들었던 신호와 시스템은 D^+를 받을 정도였습니다. 하지만 관심을 가지고 원서로 공부를 하면서 꼭 좀 더 공부하고 싶다는 생각과 함께 나의 적성에 안 맞는 과목이 결코 아니라는 생각이 들었습니다.

최미정 대학원에 진학해서 바뀌게 될지도 모르겠지만, 지금은 VLSI Design 쪽으로 더 배워서 Wireless Sensor Network 쪽과 접목시켜 공부해보고 싶습니다.

김영실 이동통신 분야가 많이 발전하고 인기가 많아서 공부하고 싶고, 영상처리 분야와 자동제어 분야도 굉장히 흥미로운 것 같습니다. 점점 알게 될수록 흥미롭고 새로운 분야가 많아서 아직도 고민입니다.

학생들이 마치 '체인지'라는 기계에 들어갔다가 나오는 것처럼 변화

사회 지금은 미국의 명문대학원으로 유학을 떠나지만 언젠가는 강릉대학교 전자공학과가 유학생을 유치할 만큼 명문학과로 자리매김할지도 모릅니다. 학과에 대한 자랑을 해주신다면?

신성욱 교수님들의 학생에 대한 관심과 배려는 타의 추종을 불허한다고 자신 있게 이야기할 수 있습니다. 겉치레에 지나지 않는 면담이 아니라 정말 그 학생의 인생을 설계하는 도면을 놓고 서로 이야기를 한다는 진지함이 있습니다. 학부생이라면 누구라도 한 시간 이상, 한 번 이상 면담을 하게 됩니다. 많은 학생들이 마치 '체인지'라는 기계에 들어갔다가 나오는 것처럼 많은 변화를 겪곤 합니다.

최미정 앞서 말씀드린 것처럼 탄탄한 교과과정을 바탕으로 교수님들이 열정적인 가르침을 주시고 항상 격려해주십니다. 그것이야말로 학생들로 하여금 그에 부응해서 잘 따르도록 하는 원동력이 되었습니다. 그저 여느 학교에서 일어날 법한 평범한 일이지만 또 결코 쉽지만은 않은 이런 일들이 우리 학과의 자랑이라고 할 수 있습니다.

이명재 복학했을 때 다른 과 친구들과 학교생활에 대해서 얘기하다 보면 정말 차이가 많이 나는 것을 느꼈습니다. 저희 부모님도 제가 매일 늦게까지 공부하고 주말에도 학교에 가는 걸 보고 공부한다고 거짓말하고 놀러가는 줄 알았다고 하실 정도였습니다.
쉽지는 않지만 학생들의 능력을 믿고 언제나 자신감과 희망을 주시는 교수님들의 수업을 따른다면, 특별히 열심히 하는 것이 아니라도 쉴 틈 없이 짜인 교과목들을 전부 다 따라갈 수 있을 정도면 우리나라 어느 전자과 학생들에게도 뒤지지 않을 실력을 갖게 해주는 곳이 바로 우리 학교 전자공학과라고 생각합니다.

이충헌 우선 충고를 해주고 싶습니다. 우리 과에 올 생각이면 정말 공부를 하고 싶은 학생들만 왔으면 좋겠습니다. 그저 학위만 이수할 목적으로 온다면 아마 졸업하는 데 많은 지장이 있을 겁니다. 우리 학과에 들어오면 정말 공부가 하고 싶다는 생각이 들게 될 겁니다. 아, 그리고 저희 교수님들처럼 학생들과 일대일로 면담을 하는 학과가 얼마나 될지 궁금합니다. 우리는 가족입니다.

김영실 뭐니뭐니해도 교수진입니다. 저는 교수님들의 관심을 받으며, 대화가 자유로운 분위기에서 공부해서 다른 대학들도 모두 같은 줄 알았습니다. 방학 때 수도권에서 유명한 대학에 다니는 친구들과 얘기를 할 때 그렇지 않다는 것을 처음 알았습니다.

우리 과 교수님들은 학생들의 이름을 외우고 관심을 가지고 지도해주려고 하시는데, 친구들이 다니는 대학의 교수님들은 잘하는 학생 한두 명 정도를 제외하고는 학생 개인에 대해서는 신경 쓰지 않는다고 해서 놀랐던 기억이 납니다.

중고등학교 때도 담임선생님이 아닌 이상 번호 등으로 호명되고 질문을 받곤 했지요. 그러니 사실 친구가 다니는 대학이 이상한 것이 아니라 어떻게 보면 우리 학교 교수님들이 학생들에게 가지는 애정과 열정이 보통 이상이었던 거죠. 그래서 항상 감사한 마음을 가지고 있습니다.

꿈과 목표는 인생의 터보엔진이다

사회 마지막으로, 강릉대학교 전자공학과에 있는 지금의 자신을 긴 인생에서 놓고 본다면 어떤 단계라고 비유할 수 있을까요?

신성욱 한 발만 뒤로 빼면 벼랑 끝으로 떨어지는 승부처라고도 할 수 있고, 인생을 한 단계 더 도약할 수 있는 기로라고도 할 수 있습니다.

최미정 좀 더 넓은 세계로 나가기 위한 발돋움 과정이라고 말하고 싶습니다. 앞으로 선택의 기로에 서 있거나, 어려운 일들 많이 있을 텐데, 아직 그런 험난한 과정을 거치기 전에 전초전 격으로 좀 더 강한 내가 되기 위한 준비 단계라고 할 수 있지요.

이충현 전 강릉대학교에 와서 꿈을 가지게 되었고 지금 이 시점이 저의 꿈을 실현하는 데 있어서 첫 발걸음이라고 생각합니다.

김학권 제 인생에 있어서 새로운 것에 도전하는 전환점이 될 것 같습니다.

김영실 살아오면서 새로운 것에 대한 영감이나 자극을 받을 수 있는 기회가 거의 없었습니다. 그런데 정말 운 좋게 지금 이곳에서 저는 처음으로 앞으로의 삶을 그려보며 꿈이라는 것을 가져봅니다. 우물 안의 개구리가 바깥세상을 구경하기 위해 우물 벽을 타고 오르는 정도의 단계라고 생각됩니다.

서동희 저도 개구리 얘기를 하고 싶은데요, 개구리는 높은 곳에 도달하기 위해 높이 잘 뛸 수 있도록 뒷다리에 근력을 기르고 힘을 주어야 합니다. 마찬가지로 저는 제 인생의 이상과 목표를 도달하기 위해 개구리처럼 뒷다리에 근력과 힘을 기르는 시기라고 생각합니다. 그래서 나중에 제가 높이 뛰어야 할 기회나 위기가 왔을 때 인생의 이상과 목표를 향해 터보엔진 같이 높이 아주 높이 뛰어오를 것입니다.

사회 인터뷰에 응해주셔서 감사합니다. 오늘 이 자리에 계신 모든 분들이 더 넓은 세상에서 꿈을 펼칠 수 있길 기원하겠습니다.

미국에서의 명문대학원

미국에는 2005년 기준 4천 216개의 대학이 있는데, 이중 50위 이내에 드는 대학은 세계적인 명문대학이라 할 수 있다. 대학원 순위는 단과 대학이나 전공분야에 따라 다르지만 국내에서 미국 대학원 석박사과정에 진학하는 경우는 대부분 50위 이내의 대학원으로 진학하고, 그렇지 않은 경우에도 최소 100위 이내 드는 대학원으로 진학한다.

지금까지 강릉대 전자공학과에서 합격한 미국 대학원은 UCLA(University of California at Los Angeles), 남가주대학(University of Southern California), 퍼듀대학(Purdue University), 일리노이 공대(Illinois Institute of Technology), 아이오와대학(University of Iowa), 워싱턴대학(University of Washington at Seattle), 노스캐롤라이나 주립대학(North Carolina State University), 콜로라도대학(University of Colorado at Boulder), 플로리다대학(University of Florida), 델라웨어대학(University of Delaware), 아이오와 주립대학(Iowa State University), 테네시대학(University of Tenne-ssee at Knoxville), 아리조나 주립대학(Arizona State University), 매사추세츠대학(University of Massachusetts at Amherst), 어바인 캘리포니아 주립대학(University of California at Irvine), 어번대학(Auburn University), 텍사스대학(University of Texas at Dallas), 노스이스턴대학(Northeastern University) 등으로 전부 미국에서 100위 이내에 드는 대학원이다.

TOEFL(IBT, CBT, PBT)

TOEFL(Test of English as a Foreign Language)은 영어를 모국어로 사용하지 않는 사람을 대상으로 대학 환경에서 말하고, 쓰고, 듣게 되는 영어의 이해력과 사용 능력을 측정하는 시험이다. 미국 ETS(Educational Testing Service)에서 주관하여 실시한다.

TOEFL은 시험 방식이 PBT, CBT, IBT순으로 바뀌어 왔다. 우리나라의 경우 2006년 6월까지 CBT TOEFL로 시험을 시행했고, 2006년 6월부터 IBT TOEFL이 잠시 병행되었으며 CBT TOEFL이 종료되면 완전히 IBT TOEFL로 전환된다.

미국 대학에서는 일반적으로 CBT점수(300점 만점)를 기준으로 학부 213점, 대학원 230점 이상을 요구하고 있다.

IBT TOEFL(Internet-based Test) : IBT TOEFL은 가장 최근에 시행되고 있는 TOEFL 시험으로 컴퓨터로 시험을 치르며 Listening, Reading, Speaking, Writing 네 가지 언어기술을 종합적으로 테스트 한다. 만점은 120점이다.

CBT TOEFL(Computer-based Test) : CBT는 컴퓨터로 보는 시험 방식이며 만점은 300점이다. CBT TOEFL은 Listening, Reading, Speaking, Writing 네 가지 내용으로 측정한다.

PBT TOEFL(Paper-based Test) : 종이시험지로 보는 TOEFL 시험을 말한다. 현재도 CBT나 IBT 지역이 아닌 곳에서는 일년에 여섯 차례에 걸쳐 PBT TOEFL 시험을 치르고 있다. PBT 시험의 만점은 677점이며 Listening

Comprehension, Structure and Written Expression, Reading Comprehension 내용으로 측정한다.

GRE

GRE(Graduation Record Examination)는 미국 일반대학원(경영대학원, 의과대학원, 법과대학원 등 특수 대학원 제외) 입학 시 필수적으로 요구되는 시험으로 입학 사정뿐 아니라, 장학금 사정 시 객관적 판단 기준으로 사용되는 시험이다.

이는 외국인 학생들에게만 요구되는 TOEFL과는 달리, 전 미국 학생들에게도 요구되는 시험으로 언어(Verbal), 수리(Quantitative), 논리 분석 작문(Analytical Writing) 시험을 통해 미국 대학원에서 요구하는 과정을 이행할 수 있는 언어적 감각과 수학적 능력이 있는지를 테스트하는 시험이다. 미국 ETS(Educational Testing Services)에서 주관하여 실시한다.

Fault Tolerant Computer(FTC)

컴퓨터 시스템을 구성하는 요소에 고장이 발생해도 시스템은 계속 그 기능을 실행하는 내고장성을 갖춘 신뢰성이 높은 컴퓨터를 말한다.

복수 개의 중앙 처리 장치(CPU) 다수결 처리, 기억 장치, 자기 디스크를 하드웨어에 이중으로 갖추도록 하여 일부가 고장나도 시스템 전체로서는 처리가 속행되도록 설계되어 있다. 예비의 자원을 갖기 때문에 고가여서 처리가 정지되었을 경우 영향이 큰 은행, 항공사의 온라인 시스템 등에 사용된다.

Signal Processing(신호처리)

신호(Signal)의 증폭, 여과, 변조, 복조 또는 잡음 속에서의 신호 검출, 발생, 예측, 연산과 같이 신호의 형태를 변형하거나 분석하는 학문 분야다.

BK21

두뇌한국 21(Brain Korea 21)의 약칭으로 21세기를 선도할 첨단과학기술 분야 핵심인력을 중점 양성하고 이를 통해 대학 체제를 고쳐 고질적인 입시경쟁을 완화하겠다는 교육부의 고등인력양성 계획이다.

대학 체제를 연구중심 대학원과 교육중심 지역우수대학으로 재편하는 목적으로, 1998년부터 2005년까지 7년간 총 1조 4천억 원을 들여 1단계 사업을 수행했고, 2단계 BK21사업(2006년부터 7년간)에서는 세계적인 이공계대학원 육성 프로그램을 수행 중이다.

연구 장학금(RA: Research Assistantship)

교수의 연구비에서 지급되는 장학금을 말하며 연구조교로서 교수의 지도를 받으며 연구를 보조해 주는 일을 한다. 장학금으로 학비를 면제(Tuition Waive) 받는 외에 매월 일정액의 급여(Stipend)를 받는다. 이공계 대학원에서 받는 장학금은 대부분 이와 같은 연구 장학금이다.

조교 장학금(TA: Teaching Assistantship)

학부의 수업에서 교수를 보좌하거나 실험을 지도해주는 일을 하는 조교로서, 장학금으로 학비를 면제(Tuition Waive)받고 매월 일정액의 급여(Stipend)를 받는다.

대학원 장학금(GA : Graduate Assistantship)

학부 학생들을 지도하거나 여러 가지 학과 일들을 도와주는 일을 하는 조교로서, 장학금으로 학비를 면제(Tuition Waive)받고 매월 일정액의 급여(Stipend)를 받는다.

아이비리그(Ivy League)

최고의 학문적 사회적 명망을 가지고 있다고 널리 인정되는 미국 북동부에 있는 명문사립대학 8개교로 구성된 체육경기 연맹조직 및 구성 대학을 말한다. 오랜 전통을 가진 이들 대학에 담쟁이덩굴(ivy)로 덮인 건물이 많은 데서 이 명칭이 생겼으며, 1946년에 스포츠경기의 리그로 결성한 것이 그 시초이다. 하버드(1636), 예일(1701), 펜실베이니아(1740), 프린스턴(1746), 컬럼비아(1754), 브라운(1764), 다트머스(1769), 코넬(1853) 등의 대학이 이에 속한다.

ABET(공학인증제)

공학인증제는 산업체의 요구를 교과과정에 지속적으로 반영시킴으로써 공학을 전공한 졸업생이 공학 실무를 담당할 준비가 되었음을 보장하고 전문 엔지니어로 인증하는 제도로서, 미국에서는 대부분의 대학에서 ABET라는 이름으로 오래전부터 시행되어 온 제도이다.

우리나라에서는 지난 1999년부터 한국공학교육인증원에서 ABEEK라는 이름으로 공학인증제를 시행하고 있다.

박사자격시험(Qualifying Exam)

박사학위 과정에서 치르는 중요한 시험으로 이 시험을 통과한 후 박사학위 논문을 쓸 수 있는 자격이 주어진다. 대학에 따라 구두시험 또는 필기시험으로 치르게 된다.

랭귀지 코스

어학연수를 가서 듣게 되는 영어 수업과정으로서 학위를 취득하는 과정이 아니고 영어공부만을 하는 과정을 말한다. 랭귀지 코스는 대학 내 또는 영어전문 학원에서 개설된다.

Full-time student

일정 학점 이상을 등록하고 다니는 전업학생을 말한다. 상대적으로 일부 학점만 등록하고 다니는 학생은 Part-time student라 한다.

Circuit Design

회로설계(Circuit Design)로서 트랜지스터와 같은 전자부품을 이용한 전자회로의 설계를 말한다.

VLSI Design

집적회로설계(Very Large Scale Integrated Circuit Design)로서 반도체에 미세한 전자회로를 설계하고 반도체 칩으로 구현하는 것을 말한다.

디지털 신호처리

디지털 신호를 사용하는 시스템의 디지털 신호 변환 및 스펙트럼 분석을 하고 디지털 필터의 설계를 통해 신호처리, 통신, 제어 시스템을 다루는 분야이다.

회로설계

트랜지스터와 같은 전자부품을 이용한 전자회로의 설계를 말한다.

와이어리스 센서 네트워크(Wireless Sensor Network)

무선 센서 네트워크(Wireless Sensor Network)로서 센서들을 무선(Wireless) 방식을 통해 연결하는 네트워크(Network)를 말한다. 즉, 무선 센서 네트워크 기술은 컴퓨팅 능력과 무선통신 능력을 갖춘 센서 노드로 자율적인 네트워크를 형성하고, 서로 간에 Wireless Network으로 획득한 정보를 송수신하고, 네트워크를 통해 원격지에서 감시/제어 용도로 활용할 수 있는 기술을 말한다.

영상처리 분야

영상처리란 영상을 디지털로 변환하고 컴퓨터로 처리하는 것을 말하며, 영상보강, 영상분리, 영상인식, 영상압축 등을 다룬다.

영상보강은 영상을 변화할 때 일어나는 기본 영상 처리를 하고, 영상분리는 영상 데이터로부터 원하는 물체를 찾아내며, 영상인식은 영상분리에서 분리된 물체를 인식 하는 것이다. 영상처리의 대표적 예로는 정확도를 요하는 의료영상의 활용을 들 수 있으며 영상압축의 대표적 예로는 화상회의 등에서 사용하는 동영상의 압축을 들 수 있다. 영상분리와 영상인식은 컴퓨터 비전의 기초로 활용된다.

자동제어 분야

자동제어(Automatic Control)란 기계, 기구, 시스템을 만들거나 동작시킬 때 스스로 고도의 판단을 하여 자동으로 작업을 할 수 있도록 제어하는 방법을 말한다. 즉 인간이 직접 하는 수동에 반해 시스템이 자동으로 일을 할 수 있도록 연구하는 분야이다. 반도체와 컴퓨터의 발달로 시스템의 기능이 향상되고 복잡해짐으로써 자동제어분야의 응용이 더욱 확대되어가고 있다.

DMB폰

DMB 기능을 갖춘 핸드폰을 말한다. DMB(Digital Multimedia Broadcasting)는 방송과 통신이 결합된 새로운 개념의 이동 멀티미디어 방송 서비스로서, 이동하면서도 다채널 멀티미디어 방송을 볼 수 있는 차세대 방송 서비스이다.